だから私は、今日も猫をかぶる

水月つゆ

STARTS
スターツ出版株式会社

私は〝いい子〟を演じなきゃいけない。
どんなにつらくても
どんなに苦しくても
笑えば、何とかなる。
その場の空気を乱すことなく
円滑《えんかつ》に時間が過ぎていく。
――その、はずだったのに。
人生とはうまくいかないことの連続だ。

目次

第三章

最終章

だから私は、今日も猫をかぶる

第一章

世界の片隅

「起立、礼」

四時間目の授業が終わると、一斉にバラけるクラスメイトたち。

購買へ駆けていく人や、その場で食べる人たち、みんなそれぞれのお昼休みを過ごし始める。

「七海、ご飯食べよー！」

少し離れた席から、友達の声がする。私はそれに「うん！」と返事をすると、友達が待つ席へ向かって、空いている机を拝借《はいしゃく》した。そしてそこに座ると、お弁当を広げて他愛もない会話を繰り広げる。

「英語ほんっと意味分からないから眠くなっちゃってほとんど寝てたんだけどー」

「だよねえ。日本人なのに英語を習うとかほんと意味分かんないもん！」

二年生で同じクラスになってから一緒にいる友達が、お弁当を食べながら、ほんの数分前まであった授業についてしゃべりだす。

私はふたりの会話をうんうん、と聞いて笑顔を浮かべる。

「でもさぁ満井《みつい》先生の声、イケボだよね！」

「分かる。イケボすぎて逆に授業に集中しすぎて寝ちゃうんだよね」

私が何かを率先して話題を提供することはほとんどない。その代わり、その場の空気を乱さないように努めることが、私自身に課せられた暗黙《あんもく》のルール。

パクリと卵焼きをつまんで食べる。

私は一瞬、お弁当のおかずにだけ意識が向いて、耳は大きな穴が空いたトンネルのように、ふたりの言葉は擦《す》り抜ける。

「七海《ななみ》！」

ポンッと肩に手が添えられたと同時に、耳に掛かっていたフィルターが弾《はじ》けたように消える。

目をぱちくりさせた私は、一瞬何が起こったのか分からなくて数秒意識が停止したあと。

「な、何？」

ようやく頭が働いて返事をする。

身体の中では焦《あせ》りが疾走《しっそう》する。

「だからー、満井先生の声イケボじゃない？　って聞いたんだけど」

「……あ、ああ、うん。だよね！」

私はとっさに言葉を取り繕《つくろ》って、笑ってせる。

けれどそんな私を怪《あや》しんだふたりは、ほんとに聞いてた?と疑い始める。

この状況を何とかしなければまずい。

「実は唐揚《からあ》げに夢中になっちゃってた〜」

口早にそう答えると、唐揚げを口に放り込んで、おいしいと繰り返す。

お弁当に夢中になっていると知れば、ふたりも飽きてその話題から離れると踏んでいた。

それなのになかなか会話は進んでいかずに、その場で足踏みを続けている。

「あー、分かった!」

と、ポンッと手を叩《たた》くと、ふたりしてキラキラした視線を私に向ける。

何事かと思い、慌《あわ》ててゴクリと飲み込んだ。

「もしかしてさぁ、満井先生のこと考えてたんじゃないの?」

「絶対そうでしょ! ね、当たってるでしょ!」

と、私が入る隙《すき》さえないほどに言葉をまくし立ててくる。

英語の満井先生は、年が二十九と若くてイケメンな上に声までイケボだと、クラスメイト、そして他のクラスの子たちからも人気らしい。

けれど私は、そういうものに疎《うと》いため異性を見て何かを思うことはほとんどない。

もちろんそれは、教師に対しても同じだ。

「ちち違う違うよ！　さっきはほんとに唐揚げに夢中になってたの。嘘《うそ》じゃないよ、ほんとに」

これ以上話が飛躍《ひやく》しないように私は誤魔化《ごまか》してみせる。

すると、一斉にふたりは笑い声を上げた。

「もー！　七海ってば高校生にもなって色気よりも食い気とか、おかしすぎる！」

「ほんとだよ！　でも、七海のそういうところ好き！」

パチンパチンッと手を叩きながら楽しさを表現するふたり。

周りから見れば、楽しいおしゃべりに花咲かせていると思われるだろう。

仲が良いと思われるだろう。

べつに楽しくないと言っているわけじゃない。

けれど、ふたりのように私は心の内側をオープンにしているわけではない。

人は特に何の意味を持たない〝好き〟を当たり前のように、それはもう息を吸うのと同じくらいの感覚で日常的に使う。

だからその言葉は意外と薄《うす》っぺらく聞こえてしまう。

千絵《ちえ》と友梨《ゆり》と話すようになったきっかけは、プール掃除の手伝いだった。部活に入っていない生徒はプール掃除をする決まりがある。他のクラスの子も数人いたけれど、友梨たちとは同じクラスということもあって話しながら掃除をした。それから一緒に話すことが増えて、今では行動を共にするまでに至る。

彼女たちが笑うから、私も笑顔を浮かべた。

普通に話せば楽しいし、笑うことだって躊躇《ためら》わずにできる。

同じくその場を楽しんでいるように振る舞えば全てが丸く収まる。

いい子でいないと、人はすぐに離れていくことをよく理解していた。


それは遡《さかのぼ》ること、十年前。

私はお母さんを亡くした悲しみに暮れて、学校でもずっと泣いてばかりいた。

『大丈夫？』

『お母さんがいなくなって悲しいよね』

優しい言葉をかけてくれた友達。けれど、『うるさいっ。何が分かるの！』と、私は冷たく突き放してしまった。

みんなには、お母さんがいるのに、私の気持ちなんて分かるはずないじゃん。

その一件から友達は私と距離を置くようになった。そのせいで私は、ひとりぼっちになってしまった。

学校にも行きたくなくて、休むことも増えた。

お父さんは、何も言わなかった。代わりに、お母さんとの思い出のビデオを流してくれたのをよく覚えている。

けれど、その頃の私はお母さんとの思い出を見ることが苦しくもあった。

――なぜならば、私がお母さんを傷つけてしまったから。

お母さんが亡くなるひと月前、入院していたお母さんがやっと一時退院できることになった、とお父さんから聞いて、飛び跳ねて喜んだのを今でも覚えている。

お母さんにサプライズをしようと小さいなりに家を飾ったりしていた。

それなのに、退院数日前に容体《ようだい》が悪くなって、退院は見送りになった。

そのとき、まだ小さかった私はお母さんに『嘘つき！　一緒に帰れるって言ったのに！』と、そんなことを言ってしまった。

家に帰って、泣きながら飾りをゴミ箱に捨てたことも覚えている。でも、ほんとは私なんかよりもずっとずっとお母さんのほうがつらかったはず。あんな事を言って、私がお母さんを傷つけてしまったことに変わりはないから。だから私は、泣いてばかりだった。後悔しても遅いのに。

ビデオの中に流れる映像のお母さんは、いつも笑顔だった。病気じゃない頃のお母さんだから当然なのだろうけれど。

その中でお母さんが繰り返し言っていた言葉が、とても印象的。

『お母さんは、七海の笑った顔が一番好きだよ。七海が笑うとお日様みたいに明るくなるから、たくさんの人を笑顔にしてあげなさいね』

それを聞いてから、私は変わった。

お母さんのために、いい子でいようって。

そうしたら、もしかしたらお母さんが『七海の笑顔が一番好きよ』って戻って来てくれるかもしれないから。

泣くことをやめて、笑うことに決めた。

だから、いつもいい子を演じてきた。


「ねえ、やっぱり一緒にTikTokしない？」

ひとしきり笑ったあと、話題は少し良からぬ方向へと進んでしまう。

「そうだよ！　一緒に踊《おど》って動画アップしない？」

SNSのお誘いは、これでもう何度目だろう。

そのたびに私は断る理由を見つけては、友達に罪悪感を覚えているというのに、と心の中で小さくため息をついた。

「やろうよ、やろうよ！　絶対楽しいって！」

「いやほら私、SNSとかいまいち分からないからさ……」

「だったらうちらが教えるって！」

お弁当を食べるのをそっちのけで、私を説得しようとする。

べつにふたりに悪意があるわけじゃないと、私は知っている。

ただ楽しいから一緒に始めようと言っているだけだ。

強制させられるわけではないし、強引に押し切られることもない。

けれど、みんなでSNSをするというのがどうしても前向きになれないのだ。

友達同士で始めたら、アカウントはバレバレで言いたいことも呟《つぶや》くことができないし、友達が何かを投稿したら〝いいね〟を押さなければいけない雰囲気がある。

オシャレな投稿を見たら、私も頑張らなきゃって無理をするようになる。

競い合うとまではいかなくても、見栄を張らないとふたりに釣り合わなくなるんじゃないかって思うようになる。

最初のうちは良くても、あとからだんだんと窮屈《きゅうくつ》になってくるのは目に見えていた。

だから私は何度も理由をつけて断っている。

ふたりは好意で誘ってくれているのに、「やりたくないから」なんて言ってしまえば、角が立つに決まってる。

高校生の友情なんて呆気《あっけ》ないものだ。

ほんの些細《ささい》な言葉ひとつで、ピンと張っていた糸はすぐに切れる。

一度切れてしまえば、糸を繋《つな》ぎ合わせるのは不可能で、そこから少しずつ溝《みぞ》ができて、ふたりが私のそばから離れていくのは容易に想像ができた。

教室でひとりになるのは耐えがたく、パチンと両手を合わせた私。

「……ごめん！　私、妹の迎えとかもあってなかなかスマホ使えなかったりするから、ちょっと今は難しいかなって……」

ふたりの顔色を窺《うかが》いながら言葉を取り繕うと、そっかぁ、それなら仕方ないよね、と彼女たちも納得して引き下がる。

じゃあまた時間できたら教えてね、という言葉でＴｉｋＴｏｋの話は幕を閉じた。

「そういえばさぁ｜」

そして会話はどんどん上書きされていく。

まるでそれは、うららかな春の陽気のように。波風を立てることなく、静かに過ぎ去るのだ。

私は小さく、ふう、と安堵《あんど》の息を吐くと、止まっていた箸《はし》を動かしてごはんを食べた。

私は、いつだって世界の片隅《かたすみ》にいればいい。

私が何かの中心にいたり、アクションを起こしたりする必要はない。

ただ、そこにいて、笑えばいい。

そうすれば、その場の空気を乱すことはないし、緩《ゆる》やかに時間は過ぎてゆく。

あの頃と同じ過ちを犯さないように、いい子を演じる。

いい子でいたら、ひとりぼっちになることはないし、それにきっとお母さんが戻って来てくれる。

「――ねえねえ、七海もそう思わない？」

「え……ああ、うん！」

意識の端っこのほうでふたりのやりとりがぼんやりと聞こえて、それに適当に相《あい》づちを打つ。

だよねぇ！と笑ってまた会話は緩やかに進んでいく。一秒ごとに上書きされていく。

古い記憶なんてどんどん忘れていく。

だから、私はこれでいい。

その場の雰囲気を楽しんでいるように、青春しているように、見えたらそれでいい。

難しいことなんてない。難しく考える必要はない。

ふたりの会話にうんうん、と笑ってうなずいて、そしてたまに返事をする。それの繰り返し。

そしたらお昼休みなんてあっという間に終わりに近づくのだ。

だから私は今日も笑う。

だから私は、今日も猫をかぶる。

「今日の日直は、花枝《はなえ》だったよな。少しだけ先生の手伝いをしてほしいんだが……」

国語の授業が終わり、教卓で回収したプリントを整理していた先生が思い出したように告げる。

もちろんいい子を演じる私は、「大丈夫です」とふたつ返事で返す。

プリント回収が終わると、先生は「じゃあ先に行ってるから」と足早《あしばや》に教室をあとにした。

国語を教える宮原《みやはら》先生は、私たちの担任でもある。

二十八歳で若いから、満井先生と同様に生徒から人気がある。

親しみやすくて、黒縁《くろぶち》のメガネを掛けていて、かっこいい先生。もちろんかっこいいという部分は、友達からの受け売りの言葉だけれど。

「七海、今日日直だったんだね。でも手伝いとか大変そー」

「大丈夫？　うちらも一緒に行こうか？」

私の机の前に集まるふたり。

「ううん、大丈夫だよ。ありがとうね」

「じゃあ教室で待ってるね」

とふたりは私に手を振って自分たちの机に戻っていった。

すぐさま雑誌かなんかを取り出して、楽しそうにおしゃべりを始めた。

私は小さく唇《くちびる》を噛《か》むと、後ろ髪《がみ》引かれる思いで教室をあとにする。

自分が大丈夫だよって断ったはずなのに、なんで羨《うらや》んだりしてしまうのだろう。

周りに迷惑を掛けないようにって、私は自らひとりになることを選択したのに。

ひとりになりたい。でも、ひとりになったらなったで寂しい。そんな自分が良く分からなくて嫌になる。

「ふう……」

国語準備室前で深呼吸をして、ドアをノックした。

「おお、来たか」

私に気がつくと先生は、入れ入れと軽く手招《てまね》きをする。

国語準備室の中は、珈琲《コーヒー》豆《まめ》の香りがした。

「休み時間を使わせてしまって悪いな」

「いえ、大丈夫です！」

笑って答えると、そうか、と安堵したように先生は、一口コーヒーを飲んだ。

「先生、それであの手伝いって……」

「ああ、そのことなんだがな。あれは嘘だ」

先生の言葉を聞いて、えっ、と小さな声を漏《も》らした私。

「どうして……」

不思議に思っていると、先生がゆっくりと口を開いて、

「花枝に話があってな」

少しだけ眉尻《まゆじり》を下げて笑った。

その表情は、どこか力なく見えて。

どくりと心臓が嫌な音を立てた。

もしかしたら家のことだろうか。

担任なら、私の家庭の事情だって知っているだろうし。

考えれば考えるほど、背中を冷や汗が流れる。

「あんまり無理しなくてもいいんだからな」

先生の口から現れた言葉は、私の想像していないものだった。

〝無理しなくてもいい……〟？

それって、一体どういう意味なんだろう。

「俺が知る限り、花枝は学校での評価はすごくいい。他の先生たちも言ってるぞ。花枝は、しっかりしているし気も利《き》くからみんなも見習ってほしいくらいだ、って」

先生たちからそんなふうに思ってもらえてるんだ。全然知らなかった。

「そのことは担任の俺が一番良く知っているからなあ」

「い、いえ、そんな……」

「花枝は優しくて自慢の生徒だ」

そう言ったあと、

「でもな、花枝」

少し声を落として、私を見つめた先生。

何を言われるのか、少し緊張していると、

「周りのことばかりじゃなく、少しくらいは自分のことも気遣《きづか》ってあげなさい」

真っ直ぐな言葉が、心の真ん中に突き刺さる。

そのとき、思った。

——先生は、私の家庭の事情を知っていて、そんなことを言ってくれるのだと。

「花枝は責任感もあっていいやつだが、無理は禁物《きんもつ》だぞ。何かあれば先生に相談してくれ。な？」

先生の言葉が素直に嬉しかった。

「……はい、ありがとうございます」

少しでも気を抜いてしまえば、泣いてしまいそうだった。

けれど、私はぐっと下唇を噛《か》んで笑った。

逃げ場を求めて

朝、七時五十分。今日はいつもより早く登校してしまった。

もっとゆっくり来ればよかった、そう思ったけれど家にいても生きた心地がしない。

「おはよう」

クラスメイトが声をかけてくるから、私もそれに「おはよう」と笑ってあいさつを返したあと、真っ直ぐに自分の席へ引き寄せられるように座った。

そして窓の外を眺めた。眺めたというよりはボーッとしていた、のほうが正しいだろう。

私は何も考えなかった。頭をからっぽにしたかった。

お母さんのために、今日もいい子になる。

秒針が動くたびにいい子になる時間が迫ってきている。

その重圧が私を襲う。

「はあ……」

漏れたため息は、開いていた窓に吸い出されるように外へ逃げる。

クラスメイトは楽しそうにおしゃべりをしているのに、私だけが別世界にいるような錯覚《さっかく》を起こしそうになる。

私の席の前に線でも引いてあるかのように、誰もそこから踏み込んでは来ない。

まるで私の存在なんて見えてないかのようだ。

それとも私って透明人間なんだっけ。

かばんの中からスマホを取り出すと、友達に内緒で登録しているツイッターを開いた。

アカウント名は、七海の七を平仮名《ひらがな》に変換して【なな】と何ともシンプル。

べつにそれだけじゃ私だと気づかれないだろうから。だってこの世界にななって名前はいくつもあるはず。

【私はいつまで仮面をかぶるつもりなんだろう】

指先ひとつで言葉を打つと、誰にも届くはずのない仮想空間へ投げ込んだ。

今までだって毎日のように投稿してきた。

それに対してコメントも【いいね】もつくはずがなかった。だってフォロワーもフォロワーも0だから。

でも、それで構わないのだ。

自分を見失わないために、心が潰《つぶ》れないために、今日もいい子でいるために、私だけの世界が必要なのだ。

誰かに見てもらいたいだとか、誰かと繋がりたいとか、そんなつもりは一切ない。

苦しい心を毎日、仮想空間に指先ひとつで投げ込む。

それが猫をかぶる私の大事なルーティンだ。

八時を回ると、教室はがやがやとうるさくなってくる。

私は本を読んでいるフリをしながら、ふたりを待つ。

「七海ー!」とドアのほうから声がして、視線をそちらへ向ければふたりが笑顔を浮かべながら手を振ってくる。

私は心をスイッチひとつで切り替えて、いい子の自分を表に出すと笑って手を振り返す。

「数学の宿題写させて!」

「私も私も!」

学校へ来るなりの第一声がそれなんて、と思いつつも、スイッチを切り替えて今はいい子な私。

「またあ? もう仕方ないな〜」

だから笑って答えた。

◇

「七海、今日駅前のドーナツ屋さん行かない？」

今まで誘われたこと全部、断っているから今回は……そう思って、

「ドーナツ、私、好きなんだぁ」

笑って答える。

「えっ、ほんと！」

「よかった！　じゃあ行こ行こ！」

ふたりは嬉しそうに顔を見合わせて笑うと、かばんを肩を掛ける。

――ピコンッ。

すると、その瞬間スマホが鳴った。

「ごめん、私だ」

スマホを取り出して内容を確認する。

【七海ちゃん、ごめんなさい。今日仕事がまだ終わりそうになくて、美織《みおり》の迎えをお願いしてもいいかな？】

早苗《さなえ》さんからの連絡だった。

タイミングが悪すぎる……。

たった今、ふたりに〝行こうかな〟と意思表示をしたばかりなのに。

今日は無理だと断ろうかな、と一瞬考えたけれど、私はいい子の仮面を纏っている。

【うん、分かった。いいよ！】

指先で文字を打ち込むと、スマホをかばんにしまう。

「七海、ほら早く行こー！」

顔を上げれば、すでに廊下で私のことを待っていたふたり。

「……ごめん。今日こそ行けると思ったのに急に妹の迎えにいかなきゃならなくなって……」

パチンッと両手を合わせて、申し訳ない顔でそう返事をすると、「えー、うそっ……」と、みるみるうちにふたりから笑顔が消えて落ち込んだ。

「せっかく誘ってくれたのに、ほんとにごめんね」

私が申し訳なさそうにすると、ふたりは顔を見合わせたあと、

「分かった。じゃあ、また誘うよ！」

と、いつものように明るくなる。

そして、「また明日」と私のことを気にする素振りを見せながら、廊下を歩いて行った。

その後ろ姿を私は、ただぼんやりと見つめていた。

お母さんが好きだと言ってくれた笑顔を絶《た》やさないよう、私はいつもいい子でいる。

「ちゃんと笑えてたかなぁ」

でも、時々心配になるんだ。本当は全然笑えてないんじゃないかって。不安になりながら、毎日を過ごす。

友梨たちが向かった昇降口へ私も向かう。追いかけるためじゃなく、美織ちゃんを迎えに行くために。

グラウンドから見える空は、まだ明るい。空の青さと雲の灰色が主張するかのようにぶつかる境目が何だか私の心のようだと思って、思わずスマホを取り出して写真を撮った。

よく分からなかったけど、綺麗《きれい》だと思った。

胸打たれたのかもしれない。

何かを見て心が動くとは、まさにこのことなのだろうか。

【空は清々《すがすが》しいほどに晴れているのに、どうして私の心はいっつも曇《くも》り空なんだろう】

そんなコメントと共に今撮った写真をツイッターにあげた。

もちろん誰にも届くことのない投稿。

でも、だからこそ思ったことを素直にアップできる。そこには自由な世界がある。制限なんて何もない。

モヤモヤとした感情は、一日であっという間に膨《ふく》れ上がる。それを溜め込んだままだといつかきっと自分に限界がやってくる。そうならないために心の内を呟くことで、誰にも言えない苦しい思いが、ほんのわずかでも軽減される。

そんな気がするんだ。

すぐにスマホをかばんの中に戻すと、ふたりが向かったであろう駅前とは逆のほうへ、足を進める。

無意識に握り締めたかばんの紐《ひも》が、くしゃっとよれていることなんか全く気づきもしなかった。

保育園に向かうと、お迎えを待つ先生がいた。私に気づくと「あ」とニコリと微笑《ほほえ》んで駆け寄る。

「美織ちゃん、迎えに来ました」

「今、呼んでくるね。ちょっと待っててね」

私のそばから離れて部屋に入ると、

「美織ちゃーん、お姉ちゃんが来てくれたよ」

開けっ放しにされていたドアから声が盛大に聞こえた。

〝お姉ちゃん〟

その言葉が、まだ私にとって違和感がある。

なぜならば、姉ではあるけれど美織ちゃんとは半分しか血が繋がっていないからだ。

おそらく保育園の先生たちは知らない。

だから、実の姉妹としか思っていなくて。もちろん先生たちに悪気がないのも知っている。私が勝手に違和感を覚えているだけ。

この世界に、私たちみたいな姉妹なんてたくさんいる。血が繋がってなくたって小さい頃から一緒に過ごすきょうだいだっている。血なんて関係ない。

──そう思う人もいるんだろう。

けれど、私はまだ受け入れられない。

美織ちゃんと早苗さんを。

こんな私は、心が狭《せま》いのかもしれない。

「あっ、なみちゃん！」

ドアから現れた美織ちゃんは、私に気づくなり、ぱあっと表情を輝かせた。

いきなり教室を飛び出す美織ちゃんに、先生が苦笑いを浮かべながら慌てて駆け寄る。

「なみちゃん、きてくれたの？」

「うん。早苗さんが今日仕事が終わらないんだって。だから私が来たよ」

「あのねっ、きょうね、おえかきしたんだけどね、せんせーにほめられたの！　あとねっ、みおりのすきなハンバーグがおべんとうにはいっててね」

私を見るなり今まで抑えていたものが一気に飛び出すように、美織ちゃんの口からは喜びがとめどなく溢《あふ》れてくる。

相づちを打つ暇さえ与えられない。

「それでね、それでね——」

まだまだ止まりそうになかったため、

「美織ちゃん、おうち帰っておやつ食べながらお話ししよっか」

私がそう言うと、「おやつたべる！」と今度はそっちに反応して、嬉しそうに両手をぱちぱちさせる。

「美織ちゃん、七海ちゃんのことすごく好きみたいだよね」

先生から突飛《とっぴ》なことを告げられて、「え」と困惑した声を漏らすと。

「いつもお母さんと同じくらい七海ちゃんの話もしてるの。だから、聞いてる私たちも微笑ましくなっちゃって」

それを聞いて、なぜだか胸がズキッと痛んだ。

美織ちゃんは私に懐《なつ》いてくれている。

けれど、私は心から打ち解けてあげられてなくて。

「美織ちゃん、お姉ちゃんがいてかったたねぇ」

「うんっ！　みおり、なみちゃんのことすき！」

「そっかそっかぁ」

先生と美織ちゃんの会話を聞いていても、身体の芯《しん》が冷えてしまう。

「じゃあ、美織ちゃんまた明日ね！」

「うんっ、せんせーばいばい！」

私も先生に軽く会釈《えしゃく》をして、その場をあとにする。

こんな苦しい思いを、私は一体いつまでするんだろう。


「ただいまぁ！」

家に帰ると、美織ちゃんは元気な声を上げながらリビングへ向かった。

私は、美織ちゃんが脱《ぬ》ぎっぱなしにした靴《くつ》を綺麗にそろえてから家に上がった。

早苗さんは、まだ仕事で帰っていない。だから、美織ちゃんの声に応えてくれる人はいなかった。

「なみちゃんっ、おやつは？」

私がリビングへ向かうと、待ち遠しそうに声を弾ませる。

「うん、おやつあるよ。でも、その前に手洗おっか」

私が、そう言うと、

「うんっ、てーあらう！」

両手を私に向けたあと、洗面所へ駆ける。

どうやら、よほどおやつが待ち遠しいらしい。

壁に掛けてある時計に目を向けると、十六時過ぎ。もう少しで早苗さんも帰って来る。

早苗さんとは、お父さんの再婚相手。

血の繋がりはないけれど、私のお母さんに当たる人だ。

そして美織ちゃんは、三年前、お父さんと早苗さんの間にできた子だ。

私とは十四も年の離れた姉妹になる。

早苗さんは、病院の事務で働いているけれど忙しいときはなかなか抜け出せないらしく、そういうときは私に今日みたいにメッセージが届く。【美織のお迎えお願いしてもいいかな？】って感じで。

「なみちゃーん！」

洗面所から美織ちゃんの声が響いて、小さなため息をついたあとリビングを出た。

美織ちゃんの面倒を見なきゃいけない。

いいお姉ちゃんでいなきゃいけない。

いい子じゃなかったから、お母さんはいなくなった。

いい子でいなきゃいけない重圧が、私に重くのしかかった――。


その日の夜。

――ピコンッ。

突然スマホが鳴った。

何だろう。スマホを開くと夕方に私が投稿したものに【コメントが一件】来ていたのだ。

「え……どういうこと……」

私は誰もフォローしていないし、フォロワーなんて0のまま。

だからどこかと繋がるわけないし、私の投稿が別の誰かのところへ入り込むはずもない。

困惑したまま、小さな画面に釘付けになった。

【空は清々しいほどに晴れているのに、どうして私の心はいっつも曇り空なんだろう】

【空、綺麗ですね。でも、コメントのほうが気になりました】

コメントしてくれた相手のアイコンをタップする。

【あお先輩】

【日中よりも夜行性。三度のごはんより、寝ることが何よりの至福のひととき。睡眠は人を幸せにする】

アイコンは自分で写真でも撮ったのだろうか、空の景色だった。

フォローしている人数は九人と何とも微妙だが、全員が芸能人だった。

フォロワーは私と同じで0で、なぜだかそこで親近感が芽生えた。

最近始めたのだろうか。でもどうやって私の投稿を見つけたのだろう。

フォローしていなければ、勝手にタイムラインに流れ込むはずはないのに。

【コメントありがとうございます】

気がつけば私は、無意識に画面に文字を打ち込んでいた。

初めて誰かに文字を返す。その緊張が計りしれないほど膨《ふく》れ上がり、しばらく送信を押せずにいた。

時計の針が、チッチッチッと時を刻む。
このまま迷っていても無駄に時間が過ぎてゆくだけだ。
もうなるようになれっ！　そう思って、震える指先で投稿ボタンを押した。
すると、ものの数分でコメント一件の通知が画面上に表示される。
私はどきどきしながら確認する。

【何か嫌なことでもあったんですか？】

私を心配してくれているような言葉が綴《つづ》られていた。
会ったこともなければ、どんな人なのか見当もつかない。
性別さえも分からなくて、そんな人に本心を打ち明ける気にはなれない。
──その、はずだったのに。

【ちょっと毎日が苦しくて】

なぜか、私は言葉を打ち込むと投稿ボタンを押していた。
今までは自分の投稿に誰かが反応をしてくれることはなかった。

べつにそれを望んでいたわけではなかったから、それでもよかった。

けれど、名前も顔も知らない人に本当の私自身を見つけてもらえたような気がして、少し嬉しくなる。

現実の友達には知られたくないのに、仮想空間の他人にはなぜか、不思議と素《す》の自分でいられる。

そんなことを考えていると、すぐにまたピコンッと通知音が鳴る。この人は返事を打つのが早い。

【毎日無理しすぎなのでは？　たまには自分のことを甘やかしてあげることも必要ですよ】

どうして私の一言で、そこまで分かってくれるの……？

それとも私の心がただ単に弱っているだけなのかな。

分からなかった。

私はまた指先で言葉を打ち込んだ。

【お気遣いありがとうございます】

私のことを知らない人。

【あお先輩】というだけで、実際に年上なのかさえも定かではない。

初めて誰かと繋がれたことが、不思議と嬉しくて、私の胸は忙《せわ》しなく動いた。

けれど、そのあとは会話が続くことはなかった。

ただの気まぐれだったのかもしれない。

そう、今日はたまたま、だ。

明日が来れば、また私は誰とも繋がることのないSNSで〝いい子じゃない〟私が苦しみを吐き出すために呟く。

私が私で、いられるように。

私の心を保っていられるように。

力なくぽすっとベッドに横たわった。

どんな人なのか気になるけれど、フォローできない。

それは自分に自信がないからなのかな。それとも別の理由があるのかな。

「あお先輩ってどんな人なんだろう……」

ポツリと漏らした言葉は、天井で弾き返されて、小さな疑問だけが私の鳩尾《みぞおち》にそのまま落ちた。

家族との見えない境界線

「七海、おはよ」

八時十分。教室へ入ると、すでにふたりは来ていて、友達の机の上にはファッション雑誌とお菓子が並べられていた。

こんなところ先生に見つかりでもすれば、ファッション雑誌は没収、雑用を手伝わされるはめになりそうなのに。

「おはよう。何見てるの？」

「ん？　これ。春服、めちゃくちゃ可愛くない？」

「このワンピース欲しいんだよねぇ」

淡いピンク色に遠慮《えんりょ》がちに散りばめられている花柄のワンピース。

袖《そで》はフリフリで、膝《ひざ》より少し短めで、着るのに抵抗がありそうだけれど、このふたりならきっと何の躊躇いもなく着こなすだろう。

そしてきっと、お似合いだと容易に想像できる。「あー、可愛い！」なんてブツブツふたりして言い合いながら、雑誌に目を奪われている。

まるで私の存在などあってないようなものだと言われているようで、ズキッと痛む心。

「七海も可愛いと思わない？」

「うん、ほんとだね。すっごく可愛い！」

私がそう答えると、

「だよねだよね！」

「七海ってば分かってる〜！」

自分たちが可愛いと思ったものに同調されて嬉しくなったのか、ふたりは盛大に喜んだ。

たまたま私がここにいるから話を振ってくれているんじゃないのかな。

そんなふうに思ってしまうのは、私の心が歪《ゆが》んでいるからなのだろうか。

「あっ、そういえば昨日のドーナツ屋さん、すっごくおいしかったよ！」

「ねっ！　しかも可愛いドーナツだったの！」

思い出したように昨日の話題で盛り上がるふたりは、「これ見て」とスマホを私に向ける。

そこには顔のようなものが描かれているピンク色したドーナツがあった。

「ほんとだ、可愛い」

すごく色鮮《いろあざ》やかで、中高生に人気っぽくて。

きっと、みんなこういうのに惹《ひ》かれてSNSにアップするのかもしれない。

「あー、思い出したらまた食べたくなってきた」

「私も！　あのストロベリーのやつ、すごくおいしかったもんね！」

私そっちのけでふたりは会話が弾む。

私は、周りにいいように思われるためならば、その場の雰囲気を汲《く》み取って正しい答えを選択することだってできるし、笑顔を浮かべることだってできる。

けれど、果たして私はほんとに必要とされているのだろうかと、疑問が湧《わ》く。

こんな私のことなんて、みんなどうでもいいと思ってるんじゃないかと。

もしかしたらふたりは私のことを友達などと思っていないんじゃないかと。

考えたって答えが出るわけでもない。

それなのに考えずにはいられなかった。

まるで底なし沼にでもハマってしまったみたいに、這《は》い上がることもできない。

何もしないし、何もできない。

その代わり、周りの人たちのご機嫌取りだけは欠かさない。

そうすれば、爪弾《つまはじ》きにされることはないのだから。

とにかく私は、笑えばいい。

本来の顔を隠して猫をかぶる。

それしか私にはできないのだから。

三人でここにいるはずなのに、なぜか感じる疎外感《そがいかん》。孤独感。

身体はここにあるのに、心はどこか別の場所へ行っているような虚無感《きょむかん》。

――きみの居場所はここじゃないよ。

頭の中で誰かに告げられる。

分かってるんだよ、そんなこと。

けれど、今ひとりになってしまうと、私はほんとの意味で孤独になってしまう。

「ねえ七海。今度みんなで遊び行こうよ！」

ふいに話を振られて、「えっ」と困惑していると、

「七海が大丈夫なときでいいからさ！」

「そうそう！」

ふたりして私を見つめる。

――笑えばいいよ。

頭の中で誰かが声をかける。

「うん。分かった！」

笑って返事をすると、「約束だからね」とふたりの視線が雑誌に戻った。

高校生の口約束は、どれだけ効力を持つのかな？

ふたりは、きっと約束を守ると思う。

私はどうなのかな……。

これからもいい子でいられるのかな。

本来の私ってどんな姿形をして、どんなふうに笑っていたのかな。考えてもちっとも思い出せそうにない。

それほど昔に、自分を見失っていた。

——いや違う。

壊れてしまったと言うべきなのかな。

十年前の、あの日を境に。

その代わり、笑顔は私の仮面。

強くなるための鎧《よろい》。

仮面を被っていれば、どんな人にでもなれる気がするんだ——。

◇

夕方、美織ちゃんを迎えにいって家に着いたあと、私は夕ごはんの準備をしながら、リビングの一角で遊ぶ美織ちゃんの面倒を見ていた。

平日はわりと私が夕ごはんの準備をする事が多い。

うーん、早苗さんも喜びそうで、美織ちゃんの好物だとカレーがいいかな……お家にちょうど材料もあるし……。

「なみちゃん、ママまだぁ？」

ときおり、美織ちゃんが遊ぶ手を止めて私に尋《たず》ねる。

「お仕事が忙しいのかもね。もう少しだけお利口《りこう》に待ってよっか」

美織ちゃんをなだめるように声をかけると、「うんっ！」と大きくうなずいた。

そして何事もなかったかのように、また遊び始める。

美織ちゃんが見ていないのを確認すると、不意に笑顔が剥《は》がれて、小さくため息を漏らす。

【自分は一体、何をしたいのかな。こんな生活、何のためになるのかな】

私は、今日の苦しい気持ちをまたツイッターに投稿した。

それを誰かに答えてほしいのだろうか。

私には、フォロワーがいない。

だから当然のようにコメントがつくはずない。

誰かに見てもらいたいわけじゃない。

ただ吐き出したい思いを吐き出しているだけ。

それなのに、なぜか私は期待してしまう。

たった一度だけコメントをくれた、あの【あお先輩】が、もう一度声をかけてくれないかな、と。

スマホを見ては、コメントがないか確認して、そして落ち込むことを繰り返した。

「私、何やってるんだろう」

そんな自分に呆《あき》れて、スマホをキッチンカウンターの上に伏《ふ》せる。

……あお先輩ってどんな人なのかな。

アイコンやフォロワーから正体を探ろうとしたけれど、どういう人物なのか結局分からなかった。

考え事をしながらボーッとしていると、ピコンッと通知音が鳴る。

リプライをくれたのは、やはり【あお先輩】だった。

【どうしたんですか。また何かあったんですか？】

私のことをフォローしているわけじゃないのに、こうやってコメントが来るのは、わざわざ私を探してくれているということ？

でも、そもそもどうやって私のことを見つけたんだろう？

ただの興味本位？　それとも手当たり次第？

分からなかったけど、そんなことどうでもよく感じて、私は指先を動かして文字を打つ。

【今の居場所がほんとに私の居場所なのかなと不安になってしまって……】

投稿ボタンを押して、しばらくすると、またピコンッと通知音が鳴る。

返信早いなあ、なんて思いながら画面を見ると。

【居場所って、学校か何かってことですか？】

ああ、そっか。私、まだ何も説明もしてなかった。

全てを打ち明ける勇気はないけれど、顔も名前も会ったこともない人なら、現実世界のことを多少話しても何も問題はないだろう。

そう思って指先を動かした。

【ちょっと人間関係で躓《つまず》いてて、落ち込んでます……】

いい子を演じていることだけは伏せておく。

そして投稿ボタンを押す。

すると、またすぐにピコンッと鳴る。

【人間関係って難しいですよね。でも、同じ悩みを持つ人がいて、少しだけ心強いです】

あお先輩も、私と同じように悩んでるってこと？

そんなふうには全然思えないけど。

なんて、憶測だけで人を判断するのは良くないよね。

【あお先輩も人間関係で悩んでるんですか？】

初めて、名前を打ち込んだ。

たったそれだけのことなのに【あお先輩】と打ち込むとき、指先が震えたのはなぜだろう。
まるで指先に小さな心臓でもあるかのように、どきどきと音を刻んでいた。
【悩んでますよ。だから、こうやってたまに一緒に息抜きできると嬉しいな】
あお先輩からの提案に少し胸が弾んだ気がした。
顔も知らない仮想空間なのに、あお先輩から返信が来るたびに嬉しくなる。
この気持ちは、一体何なんだろう……。

【相談できる相手ができて嬉しいです】
とりあえず私は、あえて当たり障《さわ》りのない文字を打ち込んだ。
絵文字なんか一切つけずに、文字だけを指先で探していく。
そもそもあお先輩が男なのか女なのか分からない。
だから私も、性別がバレないようにしようと思った。
「遅くなってごめんね！」
慌ただしい声にハッとして、スマホをズボンのポケットにしまった。

「ママだぁ〜！」

遊ぶのをやめて玄関へと一直線の美織ちゃん。

「美織、ただいま。ちゃんといい子にしてた？」

「みおり、いいこにしてたっ！」

ふたりの会話がキッチンまで筒抜《つつぬ》けだ。

「七海ちゃん、ただいま。遅くなってごめんね」

早苗さんがリビングへとやって来る。

「うん、おかえりなさい」

美織ちゃんは、早苗さんの足にぴったりとくっつくようにして立っていた。

よほど、早苗さんのことが恋しかったのだろう。

「あっ、そうそう。お弁当買って来たんだけど、みんなで食べない？　美織と七海ちゃんの好きなもの買ってきたの」

右手に下げていた袋を掲《かか》げてみせた早苗さん。

嘘、だって私、今までごはん作ってたのに……。私の気持ちなんてお構いなしに、会話はどんどんと進む。

「みおりのすきなのあるの？」

「あるよ。美織、ハンバーグ好きだよね」

「ハンバーグ！」

美織ちゃんは、声を弾ませて、「たべるたべる」とぴょんぴょんする。

「七海ちゃんもお弁当でよかったかな？」

早苗さんに尋ねられて、困った。

あとはカレーのルーを入れて完成だったのに……。どうしよう、この状況の中、夕ごはんを作ってた、なんて言えない。

「あれ……もしかして七海ちゃん、夕ごはん作ってくれてた？」

私がキッチンにいたことや、鍋のグツグツとした音を聞いて、料理をしていたことに気がついた早苗さんからは少し笑顔が消える。

「作ったっていっても、大したものじゃないから、今日はお弁当食べよう」

気まずくなったけれど、私はいつものように笑ってみせる。

けれど、そんな私に気を遣《つか》ってか、早苗さんは、

「美織、お弁当はやっぱり明日にしない？」

かがんで美織ちゃんに提案をしてみるが、三歳児の美織ちゃんは当然、

「やだ！　ハンバーグたべる！」

バタバタと足を踏んで、駄々をこねる。

それでもなんとか説得させようと早苗さんは、言葉を続けるが、私はお姉ちゃんで

ありいい子でもある。

「早苗さん、今日はお弁当食べようよ」

「でも……」

「私が作ったのは、冷蔵庫に入れておけば明日また食べられるから大丈夫」

お弁当は、そうはいかないから。

それに何より美織ちゃんがお弁当を食べたがっているわけだから。

「七海ちゃん……」

早苗さんは私を見て、一層すまなさそうにする。

その瞳から逃げるように、

「美織ちゃん、手洗いに行こっか」

かがんで声をかけると、「うん！」と元気よく返事をして洗面所へ向かった。

「七海ちゃん、ほんとにごめんね」

夕ごはんを食べているとき、早苗さんは何度もその言葉を口にした。

「もうそんなに謝らなくて大丈夫だって」

だから私も繰り返しその言葉を返す。

「なみちゃん、なみちゃん」

美織ちゃんの前に座っていると、必ず私の名前を呼ぶ。

「ななみ」なんだけど美織ちゃんはまだ「な」を続けて二回言うのが難しいらしく、毎回なみちゃんと言われる。

食卓は、いつも決まって三人だ。

お父さんは帰りがいつも二十時を回る。だからあまり家族そろってごはんを食べるということはなかった。

それは再婚する前から同じだ。

お父さんが再婚して、四年。

早苗さんと住むようになって四年。

私は、まだ早苗さんのことをお母さんだとは思えていなくて、それはやっぱり亡くなってしまったお母さんが私にとってのお母さんだから。

お母さんは、世界にたったひとりだけ。

だから〝お母さん〟ではなく、〝早苗さん〟と呼んでいる。

早苗さんは私のこと、どう思ってるのかな。

娘のように思ってる?

でも、血なんて一切繋がっていない。

だからお互い気を遣って、ぎくしゃくするところが垣間《かいま》見《み》えることがある。

それを私は感じている。

きっと早苗さんも察している。

「なみちゃんおいしいね」

ふいに、私の名前を呼ぶ美織ちゃん。

なみちゃん呼びに慣れた私も、フッと笑ったあと。

「うん、おいしいね」

と、返事をするとニッコリと笑顔を見せた。

もちろん妹は可愛いと思う。

けれど、複雑な思いもある。美織ちゃんが生まれてから三年、お父さんは美織ちゃんへ愛情を注ぐようになった。

そりゃあ三歳は天使のように可愛いから、そうなるのも納得できる。

きっと私のときだってそうだったのかもしれない。

だけど、三人で仲睦《なかむつ》まじくしてる姿を見るたびに〝この家に私は必要ないんじゃないか〟〝私は何のために生きてるのだろうか〟と、そんなふうに思ってしまう。

まるで私だけが赤の他人のような気さえしてしまう。

みんながそんなふうに思っていなくても、そういうふうに見えてしまうときがある。

早苗さんが嫌いなわけではない。

美織ちゃん明るくて素直で可愛い。

お父さんと血が繋がっているはずの私は一体何なのかな？　お母さんの忘《わす》れ形見《がたみ》？

それとも、もう赤の他人？

高校生ともなると父親と会話をするのは、うんと減る。

だからまともに話した記憶は、ここ最近全くない。

それを知ってか知らずか、代わりに早苗さんは家事のかたわら、私に話しかけてくれることが増えた気がする。

「七海ちゃんどうかした？」

「え？……あ、何でもない！　それよりこのハンバーグおいしいね」

ボーッとしていた私は、慌てて笑顔を浮かべる。

「そう？　よかった」

と微笑んで、また何事もなかったかのように食べる早苗さん。

私は小さく安堵の息をついた。

美織ちゃんは、まだ三歳。

だから私たちの微妙な雰囲気を感じ取ることはできなくて、ごはんをおいしいおいしいと言って食べていた。

そしてときどき、なみちゃんと私を呼ぶ。

おいしいね、と笑うから私もそうだね、と返事をする。

その繰り返しだった。

「ごちそう様でした」

「ごちそーさま！」

みんなそろって食べ終わる。

美織ちゃんは再びおもちゃで遊び始めた。

私は、まだテーブルに残っていたお弁当の空の容器を捨ててから、お鍋にルーを入れてカレーを仕上げると、タッパーに詰める。

「七海ちゃん、私も手伝うよ」

「ううん、平気だよ。これ、しまうだけだから。それより早苗さんはゆっくりしてて」

「え、でも……」

「大丈夫だよ。それに早苗さん、仕事で疲れてるから、少しは休まなきゃでしょ」

〝大丈夫〟は私の魔法の言葉。

申し訳なさそうにしていた早苗さんだったけれど、ありがとうね、と言うと、キッチンを出てリビングにいる美織ちゃんのもとへ歩み寄る。

食べなかった夕飯。

せっかく作ったのにな……と思いながら、空になった鍋やフライパンをシンクへ運んだ。

ザーッと水の音が流れる。

無防備に流れる水、排水溝《はいすいこう》に流れてゆく水。

水の音は嫌いじゃなかった。

雨の日だって私は割と好きなほうだ。

水の音を聞いていると、心が無になれる。

何にも考えなくていい。

心をからっぽにできる。

ボーッと眺めている、無意味な時間でさえも私は好きだった。

片付けが終わったちょうどその頃。

「ただいまー」

玄関のほうから声がする。

さっきまで夢中になっておもちゃで遊んでいた美織ちゃんが、「あっ、パパだあ」と一目散に玄関へ駆けた。

美織ちゃんの相手をしていた早苗さんもハッとして、「お出迎えしなきゃ」と言って私の横を通り過ぎて玄関へ向かった。

冷たい風だけがその場に渦巻《うずま》いて、私ひとりだけがキッチンにポツンと取り残される。

「パパ、おかいりー!」

「おお、美織。ただいま」

「あなた、おかえりなさい」

「早苗、ただいま」

三人の楽しげな声がする。

その瞬間、私は息が苦しくなった。

私なんて必要ない、そう言われているみたいに聞こえて堪《たま》らなくなり、キッチンから逃げだした。

自分の部屋へ戻ろうとしていると、廊下でお父さんと鉢合《はちあ》わせする。

「おお、七海か。ただいま」

「……うん、おかえり」

噛み締めていた唇を解いて、必死に笑顔を浮かべた。

私は、いい子。

いい子でいなくちゃいけない。

「たまには父さんの晩飯に付き合わないか?」

「ごめん、私まだ宿題があるから……」

「そうか、それなら仕方ないな」

と残念そうな顔をしてリビングへ入った。

そのあとを美織ちゃんはついていく。

「麦茶持っていこうか?」

早苗さんは、私に気を遣った。

その雰囲気が手に取るように分かり
「ううん、大丈夫」

と首を横に振った。

「ほら、早苗さん、お父さんのお弁当出してあげなきゃでしょ」

「え? ……あ、そうね。そうよね」

早苗さんは「私ったら忘れてたわ」と笑うと、キッチンへ向かった。

その様子を確認すると、私は自分の部屋へ急いだ。

早く息を吸うために。

バタンッとドアを閉めると、崩れ落ちるように座り込んだ。

思いっ切り息を吐いて、新しい空気を吸った。

リビングの空気は薄い。

薄くて、胸が苦しくなってくる。

のどの奥がぎゅーっとなって、チクチクとした痛みが走る。

まるで魚の骨でも刺さっているかのように、それはなかなか抜けなくて私をひどく傷つける。

浮かべていた笑顔が一気に剥《は》がれる。

家の中でも〝いい子〟でいなきゃいけないなんて、すっごく疲れる。

みんなの顔色窺って、空気を悪くしないようにと振る舞って、いつも何かを気にして過ごしてる。

センサーが過剰に反応する。

これは言ってはいけないとか、あれはダメとか。

私はいつになったら仮面を剥ぐことができるの？　過ごしやすくなるの？

「はあ……」

重たいため息ひとつついたあと、ベッドへダイブする。すると、太ももあたりに違和感があり、スマホをポケットに入れていたことを思い出した。

ツイッターを開くと、さっき私がコメントしたことに対して、あお先輩からの【いいね】がひとつつけられていた。

たったそれだけのことで、心が穏やかになる。

あお先輩が私という存在を否定せずに受け止めてくれているような、そんな気がして、無意識に泣きたくなった。

いい子の私は、今日も頑張った。

ほんとに偉い。すごい。自分を褒《ほ》め称《たた》える。

机の上に飾ってある写真を見つめる。その中には、微笑んだお母さんの姿が写っていた。

『七海、偉いわね』

まるで、そう言ってくれているみたいだ。

写真立ての横に置いてあったかばんにつけていたブレスレットを、大切に壊れないように、そうっとつかみ上げる。

お母さんが手作りしてくれた、青色のブレスレット。七海の『海』をイメージして青色を選んだと言っていた。

「お母さん……」

思わずポツリと、声が漏れる。

『七海、頑張って』

お母さんの声が聞こえた気がした。

ベッドに寝転がって天井を仰《あお》ぐと。

「……明日もまた頑張らなきゃ……」

そう、自分に言い聞かせるように、ゆっくりと目を閉じた。

フォロワー【1】

休み時間になると、いつものように三人一カ所に集まって雑誌を見ていた。

「うわー、これヤバい。すっごく可愛い」

「だよねぇ。どうしよう、買おっかな。でも今月お小遣いあんまり残ってないしなぁ」

ふたりはまた可愛いスカートに釘付けだ。

私も、うんうん、可愛いね、と同調しているのに、ふたりの視界にすら入っていない様子。

さすがにこれは少し切ない。何かして気を紛《まぎ》らわせよう、そう考えてスマホを取り出した。

ここでツイッターを開いて、もし見つかりでもすれば大変なことになる。だから、せめて自分が撮った写真でも見ておこう。そして心でも落ち着かせよう。

「なになに、誰かからメッセージ？」

スマホばかりを見ていた私を怪しんで、ふたりは雑誌から視線を移して尋ねてくる。

「ううん、迷惑メッセージだった」

とっさに嘘をつくと、うえーと顔を顰《しか》めた。そのあと、ブロックしちゃえ、と連発する。

「うん、そうする」

私もうなずいて、スマホを机の中に戻した。

ふたりの意識もまた会話へと戻り、でさー、と続きをしゃべりだす。

相変わらず楽しそうに声を弾ませている。

その姿を私も見ているのにふたりの声が聞こえない。

ふたりはおしゃべりをするのが大好きだ。

だから休み時間はほとんど会話が絶えない。

初めに話したことなんてどんどん流れて忘れていく。

それは川のように、新しい水が注がれるたびに古い会話は押し流されて、あっという間に姿がなくなる。

新しい水がどんどん溢れる。

ふたりの口から溢れる数え切れないほどの言葉は、保存が効かない。

だから当人たちも何を話していたのか忘れてしまう。

過去にそういう経験をしたことがある。

友達に嫌なことを言われたことが一度あった。あとから聞いたら、『そんなこと言った？』ってなかったことにされていた。

相手も話の流れで言っただけだから、深い意味はないのかもしれないけれど、言われた側からすればそれはずっと記憶に残るものだ。

だから、いつか私もそんなふうにふたりから上書きされて、忘れられてしまうようになるのだろうか。

名前何だっけ、なんて言われる日が来るのかな。

それはそれで仕方がない。

小学低学年のとき、お母さんを亡くしてつらかった私は、友達にも八つ当たりしてしまうことがあった。それからしばらく学校に行けなくて、勇気を振り絞って登校したときには私はひとりになっていた。

続いたのは二カ月くらいだったけれど、教室にいることも苦しくて、声を出すことも、感情を表に出すことも怖くなって……。

でも私がひとりになったのは、あのとき、猫をかぶることができなかったから。

だから今、一緒にいてくれているだけで感謝しなくちゃいけない。

それ以上を望んではいけないのだ。

「ねえ、クッキー持ってるんだけど食べない？」

意識を現実へ戻すと、友梨がかばんの中からお菓子を取り出していた。

かばんの中には数種類お菓子が入っていた。

「七海はいる？」

今お腹すいてないけれど、空気を悪くしちゃいけない。

「ありがとう」

可愛らしい包みに入ったクッキーを受け取った。

ふたりが笑うから、私も笑顔を浮かべた。

今はこうやって楽しくおしゃべりができてる。

周りには青春を謳歌《おうか》しているかのように映っているだろう。

それでいい。それだけでいい。

本来の私なんて必要されない。

いっそのこと自分なんて消えてしまえばいいと思った。

「今日、中学の男友達が一緒に遊ぼうって言ってきたんだけど、友梨と七海も一緒に行かない？」

放課後になり、千絵から突然誘われる。

「えっ、それってかっこいい男子？」

友梨は少し前のめりで食いついた。

女子高生ともなれば当然恋の話はする。恋するお年頃だ。

「私は、そう思ったことないけど、中学のときは確かにモテてたかなぁ～」

「じゃあ行く！」

友梨は即答した。

「七海は？」

と尋ねられるけれど、合コンとかよく分からないし、なんだか苦手だなぁ。

「ごめん！　今日も妹の迎えがあって……」

とっさに嘘をついてしまった。

「えー、せっかく彼氏できるかもしれないのに！」

「そうだよ！　七海、可愛いんだから、もったいないよ！」

普通の女子高生なら彼氏が欲しいって思うのかもしれない。

でも私は、その感情が欠けているのか、考えたことがない。

「ほんと、ごめん！　今度埋め合わせするから」

ふたりをなんとか説得する。

そうしたら顔を見合わせて、「仕方ないなぁ」と呆れたように笑った。

「じゃあ、また明日ね」

「ばいばい、七海！」

ふたりに手を振り返すと、行こ行こ、とルンルンで廊下を走って行った。

他のクラスメイトたちも、部活や帰路につく。

「花枝さん、ばいばい」

ひとり、ふたりと声をかけられて、

「あ、うん。ばいばい！」

返事をすると、あっという間にひとりになっていた。

いい子の仮面が少しだけ取れると同時に、ふうーっとため息をついた。

窓の外を眺めると、空一面明るくて、大きな雲が浮かんでいた。

その日の気温や天候によって空は変わる。まるでそれは、キャンバスのように、広大な空は毎日新しい色をつけて大きな絵を描く。

「恋って、どんな気持ちなんだろう」

窓に手をついて、空を見上げながら、そんな独り言をポツリと漏らしてみるけれど、返事をくれる相手は誰もいない。

「……心の中からっぽだ」

ペットボトルの底に穴でも開いているかのように、そこからゆっくりと水は流れてゆく。

だから私がどんなに猫を被って頑張ったところで、本来の私の心が満たされることは絶対にないのだ。

──ピコンッ。

不意をついたようにスマホが鳴る。

「……えっ」

画面を見て危うくスマホを落としてしまうところだった。

嘘、なんで……。

驚くのも無理はない。なぜならばたった今、【あお先輩】からフォローされたからだ。

一瞬理解できそうになかった。

今までずっとフォロワーが0のままだったのに、私のフォロワーに1という数字がついたのだ。

私は、あお先輩をフォローしているわけではなかったのに。

それなのに向こうからフォローをしてくれた。

つまりそれは、これからも私と繋がりたいと思ってくれている証拠？

それともただ単に気まぐれなのだろうか？

あお先輩の考えていることが分からず、驚きと戸惑いが混ざり合う。

あお先輩のアイコンをタップして、彼のページへ飛ぶと、同じようにフォローボタンを押そうとする。

だが、勇気が出なくて手が震える。

なかなかボタンを押せずにいた。

秒針が、チッチッチッと時間を刻んでゆく。

一秒一秒過ぎるたびに、私は急《せ》かされている気になる。

「――あれ、まだ花枝いたのか」

先生の声が聞こえた瞬間、ビクッと肩が上がり、その反動で私はフォローボタンを押してしまった。

「あああぁぁ……っ」

「どうかしたのか？」

「……いえ、何でもないです」

そんなわけがない。

たった今、心の準備ができていなかった私の指先が勝手にフォローボタンを押してしまったのだ。

なんてこと、先生には言えないし。

心の中で盛大にため息を漏らすと、ツイッターを閉じた。

「それより先生、何かあったんですか？」

「ん？　……ああ。忘れ物したから取りに来たんだ」

教室に入って来る先生はメガネをくいっと持ち上げながら、窓のほうへと歩いて行く。

「おお、空が綺麗だなー」

なんて言いながら私のほうへ視線を向けた先生は、「ほら花枝も見てみろ」と窓の外を指差す。

さっき見ましたけど、と思いながらも空へと視線を向けると、明るい日差しを放つ太陽の光が窓に反射してキラッと輝いていた。

「なんか外を見てると心落ち着くよな。花枝もそんなことない？」

「あ、まあ……落ち着きます」

「だよなぁ。嫌なこと全部忘れそうになる」

「……先生も嫌なことあるんですか？」

「そりゃあ人間生きてたら、嫌なことのひとつやふたつは当たり前。特に人間関係とかな」

「え」

生徒に俺は何言ってるんだろうな、そう言ってははっと笑う先生。

〝人間関係〟で悩んでるって、それってまるであお先輩みたい……。

え、宮原先生が？　いやいや、まさか。

こんな近くにいるはずないじゃん。

だけど、さっきのタイミングといい言葉といい、あお先輩が言っていたこととかぶる。

「……先生って、下の名前なんでしたっけ？」

「ん？　碧《あおい》だけど」

嘘。先生、〝あおい〟なんだ。

それって、まるで……。

「名前がどうかしたのか？」

「えっ、あっ、いや何も！」

慌てて誤魔化すと、あまりの挙動不審《きょどうふしん》ぶりがおかしかったのか、先生はふはっ！と
メガネの奥の瞳が細くなった。

「つーか、先生の名前覚えてくれてなかったのか？　担任になってもう二年目だぞ？」

「あっ、いやそれは……。ちょっと、ど忘れと言いますか……」

先生があお先輩かもしれない、と思うといつも通りにできなくて、窓の外に目を向けながら取り繕った。

先生がいる右側だけが、やけに熱い。

どきどきと鼓動が疾走《しっそう》する。

「まあーでも、自己紹介からだいぶ時間経つもんな。覚えてなくて当然か」

「……先生は生徒たちの下の名前を知ってるんですか？」

「そりゃあまあ。教師になったら真っ先に全校生徒の顔と名前を覚えるって意気込んでたからな、俺」

「え、そんなこと……。それで本当にできたんですか？」

「全校生徒とまではいかなかったけど、俺が授業を受け持つクラス全員の名前はばっちりだ。それにしっかりものの花枝のことはすぐに覚えたぞー」

と、先生は鼻高々に言った。

そして続けて、

「花枝はまじめでしっかりしてると先生たちの間で評判だが、あんまり頑張りすぎなくてもいいんだからな」

そう言われて私は、「えっ」と戸惑ってしまう。

「花枝が無意識にしてるのかもしれないが、無理に気を張ってるように見えてな」

「先生……」

「花枝のことだ。家でも無理してるんじゃないのか？」

図星をつかれて、心臓がどくりと嫌な音を立てる。

「頑張ることはいいことだが、頑張りすぎはよくないぞ。たまには息抜きすることも大事だぞ」

……あれ、その言葉どこかで……。

――『無理しすぎなのでは？　たまには自分のことを甘やかしてあげるのも大切ですよ』

あお先輩の言葉と重なった。

「あの、先生……」

「ん？　どした？」

〝先生があお先輩なんですか？〟

のどもとまで言葉が出かかった。

けれど、それを聞いてもし違うと言われたら、何かが途絶《とだ》えるような気がした。

「……いえ、やっぱり何でもないです」

勇気のない私は、そう言葉を濁《にご》したのだ。

そうか？と不審がった先生だったけれど、それ以上何も聞いてはこなかった。

「……えと、じゃあ私、帰ります！」

言いながらかばんを取りに机に戻ると、「おお気をつけてな」と背中に声がかかる。

振り向いて小さく頭を下げると、先生は軽く手を振った。

先生が、あお先輩？

……ううん、そんな偶然あるわけないよね。

否定するように、ブンブンと首を振った――。

共有する時間

夜、ベッドの上でスマホを見ていた。

今までの先生とあお先輩の言葉を思い出す。

どちらも似たような言葉をかけてくれた。

「ほんとに先生が……？」

あお先輩なのかな？　ほんとに？

いやでも、名前が同じだからってそんな偶然あるわけないし、あお先輩のリプライと先生が同一人物には思えないし……。

「先生なわけ、ないよね……」

小さな疑問を、笑い飛ばす。

あお先輩のページに行っては戻り、行っては戻りを繰り返した。

その間にも時間は一分、三分、五分と過ぎてゆく。

「……こうなったら……」

フォローのお礼だけでもしておこう。

べつにそれだけなら問題はないはず。

【あお先輩、フォローありがとうございます】


間違いがないか、おかしくないか何度も何度も確認をした。

あとは、投稿ボタンを押すのみ……。

一方的な連絡は鬱陶《うっとう》しがられるかもしれない。

考えれば考えるほど震える指先。

「……ダメダメ。これじゃあ明日になっちゃう」

ふるふると首を振ったあと、すーはーと呼吸を整えて、画面に触れる。

すると、すぐに送信しましたと表示される。

緊張したせいで指先から汗が滲《にじ》んでいるような気がした。

ほんの数日前までは、ひとりぼっちのSNSの世界だったのに、私を見つけてくれたあお先輩。

やっぱり特別な存在だと思った。

すると、一分も経たないうちにピコンッと通知音が鳴った。

「……あお先輩だ……」

ベッドの上で体育座りをして、スマホ画面を見つめる。

【こちらこそフォローありがとう。今日は学校どうでしたか？】

あお先輩、私のこと気遣ってくれてる。
もしもそれがただの社交辞令《しゃこうじれい》だとしても嬉しくて胸に沁《し》みてじーんときた。
あお先輩からの返信を読んで、体育座りのままベッドへ倒れ込んだ。
どうしてそこまで優しいんだろう。
私のことを気遣ってくれるんだろう。
涙が出そうになって、しばらくスマホをベッドの上へ放置した。
本当の私は、すごく弱い。
精神的にとても傷つきやすい。
だからちょっとした言葉でも、我慢していたものが込み上げてくる。
――いい子。
ふと、頭に浮かんだ疑問。
モゾッと起き上がりスマホを手に取ると、私はそれを文字に起こした。

【……あお先輩は、いい子についてどう思いますか？】

あお先輩からの質問には一切答えずに、私の疑問をぶつけてみた。
投稿ボタンを押す。
いつもより少しだけ返信が来るのに時間がかかる。
あお先輩悩んでいるのかな？
それとも答えづらい質問だったのかな？
心配になり訂正しようと思った矢先、ピコンッとスマホが鳴る。
【いい子って言葉はあまり好きじゃないかな。
……それってなんか、自分の都合のいい人をいい子って呼んでる気がする。
誰かにとっていい子だとしても
別の人にとってはいい子じゃなくなってるかもしれない】
――〝いい子〟。
それは褒め言葉でもあると同時に対照的な意味にもなり得る。
私は「いい子じゃないといけないんだよ」って言われているみたいで苦しくなるんだ。
仮面を剥いでいた私は、あお先輩の言葉が刺さって泣きそうだった。

【でも私は、いい子でいなければならないんですよね】

本当の私が胸の内をさらけ出す。

指先ひとつで相手に言葉が届くってなんて便利な世の中なんだろう。

どこにいてもどんなに遠くにいても、スマホひとつで相手の画面へひとっ飛び。

【どうしていい子を演じるの？】

【いい子じゃない自分は必要とされないから……】

【それはななさんがそう思っているだけなのでは？】

どうなんだろう。私のひとりよがりなのだろうか。

でも、ありのままの自分を見せても受け入れてもらえないと思う。だって過去にそれで失敗しているわけだから。

お母さんが亡くなってから十年、私はいい子を演じてた。

そうすればお母さんが戻って来てくれるから。

頭ではそんなことあるわけないって分かっていた、はずなのに。

【分かりません。でもいい子を演じたらみんなが笑顔になるから】

【みんなが笑顔になるためにななさんは自分を犠牲《ぎせい》にするの?】

【それでみんなが笑うなら……】

【それはななさんの本音?】

あお先輩のメッセージに困惑した。

でも、これが私の本音だと思った。

――そう、思いたかった。

けれど、頭では違うと理解していた。

「いい子」じゃない私は、何の存在価値もないからと知っているからだ。

仮面を剥いでしまえば、花枝七海ではいられなくなる。

いい子を演じていたら、みんなが笑ってくれる。

いい子を演じている私は、何色にでも染まれる。どんな自分でも演じることができる。
そうすれば弱い心を守ることができる。
けれど、仮面を剥いでしまえば、私の存在が消えると知っていた。
そしたらもう誰にも私の声は届かない。
誰にも見つけてもらえなくなる。
【……いい子でいれば、心が壊れずに済むから。
私は自分を守りたいだけなの】
送ろうか送らないか迷った。
やっぱり消そうとも思った。
けれど、今画面に打ち込んだその二行が私の切実な思いだった。
誰かに聞いてほしかった。
ほんとはすごくすごく怖かった。
だけど、ツイッターだけがあお先輩との唯一繋がっていられる場所。
ゴクリと息をのみ込んで、震える指先で投稿ボタンをポチッと押した。

あお先輩は、どう思うのかな。
こんなに重たい話をされて、鬱陶しがられてしまうかな。
フォロー外されちゃうかな。
そしたらまた私の世界は、どこにも繋がらないひとりぼっちの世界に戻る。
しばらくしてピコンッ、と通知音が鳴る。
私は緊張してすぐに画面を見ることができなかった。
すーはーと呼吸を整えたあと、ようやくタップする。
【自分の心を守るためにいい子を演じているなら、
俺の前だけではありのままのななさんでいてください。
全部受け止めます】
えっ……？
全部を受け止める？
【俺】ってことは、あお先輩は男？
一瞬わけが分からなくて思考が停止した。
瞬《まばた》きを繰り返したあと、カチッと音が鳴って頭が働くようになると、私はスマホに文字を打ち込む。
【それってどういうことですか？】
【俺の前では、無理しなくていいよってこと。
そして、ななさんの素顔を見せてほしい。
いい子じゃない、本当のななさんを】
思いがけない言葉に、「えっ……」と動揺した。
どうしてあお先輩がそんなこと言うの？
あお先輩というだけでそれ以外は何も知らないし……。
『花枝は、まじめでしっかりしてると先生たちの間では評判だが』
『たまには息抜きすることも大事だぞ』
突然、先生の言葉が頭の中にリピートされた。
なんで今……。
やっぱり宮原先生が、あお先輩？

——ピコンッ。

その音にビクッとして、掲げていたスマホが手から擦り抜けて、バンッとおでこに落下した。

「……いててて……」

痛みで思わず顔を歪める。おでこをさすって血が出ていないか確認したあと、スマホを見る。

【そういえばまだ自己紹介してなかったよね。

性別は男で、春ヶ浜高校《はるがはまこうこう》に通ってます。

名前は会ったときに教えます】

えっ……!?

春ヶ浜高校って、私と同じ。

あお先輩って、もう宮原先生しかあり得なくない？

いやでも、学生みたいに〝通ってる〟って言ってるし……。

教師でもそういう言い方は可能か。

【私も同じ学校に通ってます】

これだけで私だとバレる確証はないけれど、七海の七を平仮名に変えて【なな】っていうアカウント名つけてるし……花枝七海ってバレるかな？

うーん……しばらく悩んだ末。

【あお先輩は、何年生なんですか？】

と、さっきの文面に付け加えた。

どきどきしながら返事を待つ。

――ピコンッ。

うわ、来た……。

読むの怖い。

細目にしながらスマホを覗《のぞ》いた。

【俺、三年だよ。ななさんは？】

え、じゃあ……あお先輩は生徒だ。ということは、宮原先生ではない。

今までの全部、私の思い込みだったんだ。

【私は、二年です】

【じゃあもしかしたら今まで知らなかっただけで、学校ですれ違ってたりするかもしれないね】

あっ、確かにその可能性もあるってことだよね。

でもツイッターでまさか同じ学校の人からコメントが来るなんて想像してなかったし。

なんて思っていると、またピコンッと音が鳴る。

え？　私まだ返信してないけど、とスマホを確認すると。

【特別にななさんだけに教えるけど、昼寝するのにいい場所があるんだよ】

思わずクスッと笑った。

【学校でお昼寝するんですか？】

【昼食べたあとって眠たくなるでしょ。授業中寝るよりマシだよね】

うん、やっぱりあお先輩と先生は別人だ。
他愛もない会話が文字でやり取りされる。
別の場所にいながら同じ時間を共有している。
すごく不思議なのに、心がじんわりと温かくなる。

【俺の昼寝スポット、校舎裏にあるベンチなんだけど】

【知ってます。春になると桜が咲いてますよね】

【そうそう。あれすごく綺麗だよね】

実際に見たことのある景色に意気投合して、嬉しさを実感する。

【なんかこうやってやりとりしてると、会ったことある気がするよね】

【ほんとですね。なんだかそんな気がしてきました】

あお先輩って、どんな人なのかな。

文面から見ると、少しおっとりしてる感じなのかな。

会ってみたいなぁ。

心の中に、浮かんだ思い。

「えっ、何今の……」

自分の思いに驚いて、思わず声が漏れる。

【じゃあ、その可能性、実現させてみない？】

えっ、それって一体どういう意味……。

少し驚いていると、続けてピコンッと鳴る。

【ななさん、俺と会いませんか？】

その文字を読んだ瞬間、どきっと胸が鳴る。

こんなこと一度だってなかったのに、何かの言葉に動揺させられるなんて人生で初めて。

顔が分からなくてすごく不安。

けれど、私もあお先輩に会ってみたかった。

誰とも繋がるはずのないSNSで、なぜ私のことを見つけてくれたのか知りたかった。

「……私も、会いたい」

気がつけば無意識にそんな言葉を呟いていて、それを打ち込むと、何度も何度も読み返した。

大丈夫、おかしいところはない。

【……私も。あお先輩に会ってみたいです】

すーはーと息を整えて、ボタンを押す。

すると、一分もしないうちにピコンッと返信がきた。

【じゃあ、会おう】

この文字を打つとき、あお先輩はどんな気持ちでいてくれたのかな。

どんな表情で打ってくれたのかな。

続けてもう一度、ピコンッと鳴る。

私はスマホ画面に釘付けになる。

【どこで会う?】

【そうですね。あまり人が通らないような場所がいいです】

友梨たちに見つかったら大変だもん。

【じゃあさっき言ってた校舎裏のベンチは?】

お互い、一分間隔で連絡が続く。

ネットを通して同じ時間を共有しているこの感じは、少し不思議だった。

【そこなら人目につかないですね】

【明日の放課後とかどう？】


その文字を見て現実へ繋がっているのだと再確認する。

ネットの世界だけでの約束じゃないんだ。

私が生きてる、花枝七海が過ごしてる世界での話なんだ。


【はい、大丈夫です】


ありのままの私を受け止めてくれるあお先輩に会えるんだ。

どうしよう、嬉しくて跳びはねたくなる。

それに自分から誰かに会いたいなんて思ったのは、初めて。

そんなに悩みを話したかったのかな、誰かに聞いてほしかったのかな。

いい子の私は、ただ自分の世界を守るためだけに生きてるのだと思っていたから。

けれど、あお先輩に会うということは、少しだけいい子じゃない私が初めてのおつかいをするようなものなのかもしれない。

【じゃあ明日、会うの楽しみにしてる】

寝る前にあお先輩とのやりとりをして、しばらく私は眠りにつけそうになかった——。

第二章

この世界での繋がり

あお先輩と会う約束をした当日。

私は一日中そわそわしていた。

ふたりに、何かあったの、と尋ねられたけど、どうせ誰かと会うと言ったら色恋的な意味に捉《とら》えるだろうから、何も言えなかった。

「うあー、緊張する……」

どんな人なんだろう。

放課後、早めに校舎裏に来たけど、あお先輩はまだいなかった。

あたりをキョロキョロしては、ベンチにもたれて、挙動不審《きょどうふしん》な私。

初めて顔を合わせることを思うと、とにかく緊張して落ち着かなかった。

「遅くなってごめん」

少し離れた場所から声が聞こえた。

心臓がどドクンッと最大級に大きく跳ねた。

ザッザッと砂利《じゃり》を踏む音が近づいて来る。

声のした方へ顔を向ければ、身長の高い男の子が緊張した面持ちで立っていた。制服は第一ボタンだけ開けて、はだけすぎていなく、それでいてしっかりと整えられていて、かっこよく見えた。

【あお先輩】が現実に存在しているんだと改めて実感する。

「あの、ななさん、だよね」

「は、はい。あお先輩……ですか？」

「うん、そうだよ」

お互いぎこちなく確認をする。

「自分から会おうって誘っておいて遅れるとかごめん」

「あ、いえ、大丈夫です……」

口から心臓が飛び出してしまいそう。

昨日までツイッターでのやりとりしかしていなかった相手と、現実世界で会うことになるなんて、思ってた以上にどきどきが全力疾走する。

身体の全てが心臓になったみたいに鼓動が大音量で聞こえる。

あお先輩にも聞こえてしまっているんじゃないかな。

「緊張してる？」

「はっ、はい……」

膝の上に置いている手にぎゅっと力を入れる。

「実は俺もなんだよね」

「……えっ？」

わずかに隣へ視線を向ける。

ようやくちゃんと私の視界に映し出されたあお先輩。短く整えられた黒髪。切れ長の目は吸い込まれそうなほど綺麗な琥珀色《こはくいろ》をしていて、同じ高校生とは思えないほどに落ち着いていた。

「俺も、すごく緊張してる」

続けてそんなことを呟いた。

全然そんなふうに見えないのに。

「……あお先輩も緊張するんですか？」

「するよ。普通にする」

視界に映り込んだあお先輩の耳たぶが、ほんのりと色づいているような気がした。

──ああそっか、そうなんだ。

緊張してるのは私だけじゃないんだ。

ホッとすると、わずかに口もとが緩む。

「えーっと、じゃあ改めて。俺、三年の蒼山光流《あおやまみつる》」

「あ、えと私、二年の花枝七海です」

私が自己紹介をすると、よろしく、と言われる。

「こちらこそよろしくお願いします」

と、深々と頭を下げる。

「アカウント名がななだったから、てっきり本名もななななのかと思ったけど」

声に反応した私は、頬を押さえながらあお先輩のほうへ顔を向ける。

「あ、はい。本名だと身バレするのが嫌だったので〝み〟だけを取って〝なな〟に……」

「でも、ななも七海もそんなに変わらないけどね」

「まあ、確かに……」

「ななさん、意外と天然？」

あお先輩がクスッと笑うから、私もつられて笑ってしまう。

「でも、ツイッターだからもっともっと遠い人と話しているみたいだけど、こんなに近くにいたなんて、すごくびっくりですね」

少し顔を上げてあお先輩を見ると、

「あー、いや、うん。そうだよね。俺も、驚いた」

と、歯切れが悪いような返事をする。

「でも、なんか、うんめ――」

何かを言いかけてやめた、あお先輩。

「あお先輩?」

「いやっ、なんでもない」

あからさまにはぐらかされた。

あお先輩は、少しだけ慌てているように見えた。でも、はぐらかすってことは何か理由があるはずで……だとしたら、あまり突っ込まないほうがいいよね。

「私のクラス、現国の宮原先生が担任なんですけど、あお先輩が先生なのかなって思っていました」

私の言葉を聞いて、あお先輩は、「え、なんで?」と少し驚いた表情を浮かべた。

「あお先輩がツイッターで励ましてくれたじゃないですか。そのとき同じタイミングで宮原先生から似たような言葉を聞いたので」

「宮原先生が?」

「はい。だからもしかしたらそうなのかと……」

すると、あお先輩は、「そうだったんだ」と笑って、

「宮原先生懐かしい。俺の一年のとき国語の教科担だった」

「あ、そうだったんですか。なんか不思議な縁ですね」

でも、よかった。あお先輩のフルネーム知れた。

仮想空間じゃない、この現実世界で生きている〝蒼山光流〟先輩と繋がれた。

それが、嬉しかった。

「なんで私のこと、〝ななさん〟って、さん付けで呼んでたんですか？」

「女子との距離ってなんか難しくて。だから、いきなり呼び捨てだと嫌がられるかなぁと思って」

「文字を打つだけなのに、ですか…？」

「うん、もしななさんに不快な思いさせたらって思うと、呼び捨てはできなかった」

あお先輩は、結構クールな感じに見える。

それなのに名前の呼び方ひとつを気にしてしまうところとか、ツイッターのアカウント名を【あお先輩】にしている部分とか、なんか見た目とは反して心配性で可愛らしい一面があるのかな。

なんだかそれがおかしくて、クスッと笑ってしまうと、

「な、なんだよ」

あお先輩は、照れたように頬を染める。

「いえ、なんでもありません」

だから、可愛いって思ったことは内緒。

「それよりいきなり会おうなんて言ってごめんね。顔も分からない人と会うって緊張

したんじゃない？」

「それはまぁ……でも、最終的に会おうと決めたのは私自身ですし……」

言いながら、緊張してのどがカラカラになった私は、つばをのんだ。

「でも最初に会おうって言ったの俺だからさ」

「それは、そうかもしれませんが……」

言葉に詰まる。

スマホで返信を打つときは考える時間がたくさんある。でも、現実世界は間が開けられない。少しでもしゃべりだすのが遅れると、相手側がしゃべりだす。

「だから不安にさせてごめんね」

と、あお先輩が謝った。

そりゃあもちろん緊張もしたし心配もあった。

けれど、それと同じように私を見つけてくれた人はどんな人なのかなって気になったんだ。

「あお先輩、謝らないでください。私、先輩と会えるのを少なからず楽しみにしていましたから」

初対面のあお先輩とこんなふうに話せているのが信じられないくらい。でも、その中にわずかに普段と違う自分がいるような気がした。

「ほんとに？」

そう尋ねられて、私はゆっくりとうなずいた。

そしたら、よかったと、ふーっと安堵してベンチに深くもたれたあお先輩。

「あお、先輩……」

声をかけようとすると、

「ちょっと待って。ななさん、俺のことこれからもそう呼ぶの？」

不意をついたように、あお先輩が尋ねる。

「せっかくお互いのこと知れたのに」

「そうなんですけど……ずっと、あお先輩って呼んでいたのでこれがしっくりくるというか……」

「分かった。じゃあそのままでいいや。俺も、ななさんって呼ぶし」

私に気を遣ってくれたのだろうか。

なんだか悪いことしちゃったかな、と申し訳なくなっていると、

「――あ、そうだ」

と突然声を上げる。

何だろう、そう思って意識だけをあお先輩のほうへ向ける。

「連絡先交換しない？」

その声に驚いた私は、視線全てを先輩へ向けて瞬きを繰り返す。

すると、私が理解していないと思ったのか、あお先輩が「だから連絡先」ともう一度呟いた。

「……え、なんで、ですか？」

連絡先？　それってSNSのやりとりじゃなくて普段使ってるメールとかってこと？

プライベートに近いツールだよね。それを聞くってことは……まるで私のことを知りたいって言われてるみたい。

どうしよう。すごく嬉しい……。でも、何て答えたらいいのかな。

「何かあったときお互いの連絡先知ってた方が役に立つだろうし」

「……え？」

「あ、もちろん、ななさんが嫌じゃなければ……だけど」

私が困ってると思ったのか、あお先輩は、そう言った。

――嫌なわけ、ない。

私がすぐに返事をできなかったのは、戸惑っていただけ。

「……全然、嫌じゃないです」

素直に、そう言った。

そしたら、あお先輩は安心したように口もとを緩めたあと、

「じゃあ、交換するね」

言いながら私の手もとのそばでスマホの操作をするあお先輩。

すると、すぐにピコンッと音が鳴る。

電話帳を確認するとそこには【蒼山光流】とメモリーが追加されていた。

メールアドレスも電話番号もある。

仮想空間ではない、この世界での繋がりを持った瞬間、心が不思議と温かくなる。

どうしてこんなに嬉しくなるんだろう。

——ピコンッ。

「あ、ごめんなさい。メッセージが来たみたいです」

いい雰囲気の中、それを打ち壊す音が鳴った。

【ごめんなさい、七海ちゃん。今日早く帰れると思ったんだけど、職場の方が体調不良で早退してしまって……。今日も美織のお迎えお願いしてもいいかな？】

せっかく温かな気持ちだったのに、一気に冷め切って、どん底に突き落とされた気

がした。

「ななさん？」

あお先輩の声にハッとして、

「ごめんなさい。これから妹の迎えに行かなきゃならなくて……」

慌てて応える。

本当は、もう少しお話ししていたかったのに。

「そっか。じゃあ今日はこれで切り上げるか」

あお先輩は意外とあっさりした返事をした。

少し寂しく感じていると。

「また会おうよ……もちろん、ななさんが、よければだけど……」

あお先輩の言葉ひとつで、私の心はひょいと掬《すく》い上げられる。

澄んだ瞳が綺麗で目を逸らせなくなる。

まるで吸い込まれそうなほどに、真っ直ぐに私を見つめ返してくれた。

空に浮かぶ雲がふわふわと泳ぎ、空高くにある太陽の優しい光が私たちを包み込む。

そんな光にも負けないほどにあお先輩は、輝いて見えた――。

思い出のブレスレット

あお先輩と会ってから、四日が過ぎた。

あお先輩とは、学校で何度かすれ違った。不思議なもので、一度対面して相手の顔を覚えると、その人のことを探してしまう。どこに行くにもあお先輩のことを目で追っている自分がいた。

一度、友達と一緒にいたとき、あお先輩とばったり出会った。彼は私に気づいてくれたけれど、声はかけずに軽く微笑んで通り過ぎた。

その一瞬、すごくどきどきしたのを覚えている。

今までは、吐き出せない気持ちをツイッターに投稿していたのに、素顔のままでいられるあお先輩と出会えたことで投稿するのをぱったりやめてしまった。あお先輩が私の苦しみを聞いてくれるから、ツイッターで呟く必要がなくなったのだ。

【七海、いつもあの子たちと一緒にいるね】

えっ、今あお先輩、私のことさらっと呼び捨てで……。

【ふたりとは二年になってから話すようになって、ずっと行動を共にしています】

【そうなんだ。なんか友達といるときの七海って俺と会ったときよりテンション高いんだね】

〝友達〟と聞いて、どきっと胸が嫌な音を立てた。

【私、テンション高いですか？】

【俺には、七海がそう見えたよ】

【あお先輩から見た私って、どう見えてますか？】

少しだけ気になって、尋ねてみた。

【楽しそうに笑ってる感じではあったけど、少し無理してるのかなって。

前に七海が俺に〝いい子〟について聞いてきたことあったでしょ。

もしかしてそれと関係してるのかなって思った】

あお先輩は、鋭い……。

【あお先輩、よく分かりましたね】

たった数回しかやりとりしてなかったし、会ったのだってこの前が初めてだったのに……。

どうして私のこと分かるの……？

【でも、学校ではいい子でいた方が何かと便利なので】

【それじゃあ七海の気持ちはどうなるんだよ。ずっと無理して苦しいでしょ】

いい子を演じている私のことを知っているのはあお先輩だけ。

先輩とメッセージをしている時間だけが、唯一自分らしくいられる。

ちゃんと息を吸うことができている気がした。

【あお先輩だけがいい子じゃない私を知ってくれてる。それだけで十分です】

【俺、なんもしてあげられてないけど……七海の力になれてるならよかった】

ただの文字なのに、頭の中であお先輩の声で再生される。

優しくて、だけど芯のある、あお先輩の声。

【ほんとに、ありがとうございます】

心が、じんわりと熱くなった。

――あっ、そうだ。

そういえば明日時間割が変更になったんだっけ。

間違えないように今のうちに教科書入れ替えとかないと……。

「あれ、ブレスレットがない」

かばんの中の教科書を取り出そうとした際に気がついた。

お母さんからもらった最後のプレゼントのブレスレット。七海の色を選んだんだよと言ってくれたんだ。それは淡くて綺麗な海の色で手作りしてくれた唯一無二の宝物。

大切にかばんにつけていたのに。

どこかで落としたのかな。

いやでも学校を出るときはまだあったし……。

もしかしたら家の中のどこかに落ちてるかも。

廊下や玄関、トイレ、浴室をくまなく確認するけれどそれらしいものはない。

リビングが怪しいかなと思い、テーブルの下や棚の隙間、テレビの前やゴミ箱、ありとあらゆる場所を見て回る。

それでも見つからないってことは、外で落としてきたのかな……。

今から学校までの道のりを辿《たど》ってみる？

でももう薄暗くなってきてるから探し出すのは困難そうだけど。

「ママぁ、これつけてー！」

キッチンで美織ちゃんの大きな声がして、意識を向けた。

どうしたの、と早苗さんが料理の合間に声をかけた。

「きれいだからここにつけてー」

綺麗だから、つけて……？

もしかしてブレスレットなんじゃ……？

小さな希望を胸に、美織ちゃんがいるキッチンへと向かった。

近づくと、一生懸命手を伸ばしている美織ちゃんが持っていたものは、間違いなく私が探していたもの。

「それ、どこにあったの？」

背後から声をかけると、美織ちゃんが私のほうを向いて、「ろーかにおちてた！」とキラキラと目を輝かせていた。

また早苗さんに向き直ると、つけてつけてーと催促《さいそく》をする。

「これ、七海ちゃんのだよ」

早苗さん、私がつけていたことに気づいてたんだ。

それでも美織ちゃんは聞かず、「ねーママぁ！」とブレスレットをつけるようにおねだりする。

美織ちゃんの前にしゃがんだ早苗さん。

「これね、お姉ちゃんのなんだって。だから美織につけてあげることはできないの」

「えーっ、でもみおりがみつけたの！」

「そうだけど、これは七海ちゃんのものだから返してあげよう？」

キラキラしたものや綺麗なものが好きな美織ちゃんは、やだやだぁー！とブレスレットをぎゅっと握った。

「みおりがみつけたの！」

「うん。だから七海ちゃんに見つけたよって返してあげようよ。ね？」

「やだぁ！　これみおりがつけるの！」

　頑《かたく》なに離そうとはしなかった。

　私はふたりのやりとりを突っ立ったまま見つめた。

　美織ちゃんはまだ三歳。

　ブレスレットが誰のものだとしても、気に入ってしまえば返すのは嫌だと駄々をこねる。

　私にもこんな時期があったのだろうか。

「美織、そんなこと言わないで七海ちゃんに返しなさい」

「やだ！　これみおりのなの！」

　自分のものを自分のだと言えない環境。

　早く返してと強く言えない相手。

　そもそもいい子の私は、ここで我慢しなくてはいけないんだ。

「美織」

「やだやだっ！」

「こら、美織」

　大きな声で早苗さんが言った。

その声にびっくりしたのか、美織ちゃんは目を見開いたあと、への字口になって「うわ〜ん」と泣き出してしまう。

泣きたいのは、こっちなのに……。

さらに間の悪いことに、「ただいまー」と玄関からお父さんの声が聞こえた。

お父さんは、美織ちゃんの泣き声に気がついて、

「どうしたんだ」

と心配そうな顔をしてリビングに現れる。

「あっ、実は美織が……」

早苗さんが小さな声で状況を説明する。

それを聞いてようやく理解したのか、美織ちゃんの前にかがむと、

「美織、これそんなに気に入ったのか？」

そうしたら美織ちゃんは、涙を流しながら大きくうなずいた。

「そうかそうか」

お父さんは笑って、美織ちゃんの頭を撫でたあと立ち上がり、今度は私のそばへやって来る。

「あのブレスレット、美織に貸してあげなさい」

唐突に告げられた言葉に、私はひどく動揺して、「えっ……」と声を漏らした。

「ちゃんとあとで返すから」

「でも、あれはお母さんに……」

そのことはお父さんも知ってるはずなのに。

「分かってる。だけど美織はあれが気に入ったみたいなんだ。べつにあげろと言ってるわけじゃない。今だけ貸してやってくれないか」

何とか私を説得しようと、お父さんはいつも以上に饒舌《じょうぜつ》だ。

貸すのだって嫌なのに。

いつもそうだ。私の味方をしてはくれない。

そして結局最後は、

「それに七海は、お姉ちゃんだろ」

何度も聞き慣れたフレーズを口にする。

「……分かった」

本当は、嫌だった。すごくすごく嫌だった。

でも、私はお姉ちゃんだから。

美織ちゃんの目の前でかがむと、

「それ、美織ちゃんにあげる」

私には、こうするしか選択肢がないのだから。

自分の感情なんて二の次だ。

私が自分の感情を押し殺せば全部が丸く収まるんだ。

「お姉ちゃん、また新しいの買うから美織ちゃんにあげる」

すると、への字口のまま、

「ほんと？」

少しでも言葉選びを間違ってしまうと、また泣いてしまいそうだ。

「うん、ほんとだよ」

ぐっと苦しい思いをこらえて、笑顔を浮かべると、

「よかったな、美織。お姉ちゃんにお礼言わなきゃな」

そう言って、お父さんは美織ちゃんを抱き上げた。

「ありがとう！」

満面の笑みを浮かべて喜んだ。

ほら、これで誰も損をしない。

早苗さんだって中断していた料理を再開することができる。

さっきまで泣きべそをかいていた美織ちゃんは、すっかり笑顔になっている。

「でも、七海ちゃん……」

と、早苗さんは私に近づくと、何かを言いたげな表情を浮かべていた。

「いいの。……それもう古かったし」

なんて、ほんとは言い訳にすぎない。

そのブレスレットは、私が一番大切にしていたものだ。

病気で亡くなったお母さんに最後にもらったプレゼント。

学校へ行くときは必ず身につけた。

それが私のお守り代わりだった。

本当は今すぐ返して、と叫びたかった。

「大切に使ってくれる?」

「うんっ!」

「じゃあよかった」

美織ちゃんの頭を撫でた私は、立ち上がり、リビングから出ていく。

「七海ちゃん」と早苗さんの声が聞こえたけれど、足を止めることはできなかった。

背を向けた私の顔は、今誰にも見せることができそうにない。

「ママ、これつけてー!」

美織ちゃんの無邪気《むじゃき》な声が聞こえてくる。

それは私のブレスレットだったの。

私が大切にしていたものなの。

それをどうして私が譲《ゆず》らなければならなかったのか。
ほんとはすごく悔しかった。
だからこそ一秒でも早くこの場を抜け出したかった。
部屋へ戻るとベッドへ顔を埋《うず》めた。
ポンッ、ポンッと布団を叩く。
そのたびにベッドは振動する。
悔しくて、どこにも向けることのできない感情が牙《きば》を剥こうとする。
「なんで…あれは私の一番大切なブレスレットなのに……」
美織ちゃんにぶつけることのできなかった思い。
あのとき我慢した感情が一気に次から次へと溢れてくる。
私は、いい子だから。
私は、お姉ちゃんだから。
周りに迷惑を掛けてはいけないから。
自分の感情を押し殺さなければならない。
いつも優しくなければいけない。
嫌だ、と思っていてもいいよ、と笑う。
大丈夫じゃなくても、大丈夫だよ、と笑って誤魔化す。

それがどれだけ苦しいものかみんな知らない。

私がどれだけ我慢をしているのか、みんな何も知らない。

今までいい子を頑張ってこれたのは、あのブレスレットのおかげでもある。

それなのにお守りを失ってしまった今、私はいい子を演じる自信がなかった。

けれど、いい子を演じなければならない。

私はお姉ちゃんだから。

周りに迷惑を掛けてはいけないから。

強がってみせるけど、心はずたずた。

この六畳しかない狭い部屋の中は、私の苦しみと悲しみでいっぱいだった。

「……もう、苦しい……っ」

吐き出した思いは、この小さな箱の中にずっと残ったまま。

お母さん、ごめんなさい。ずっと大切にするって言ったのに約束守れそうになくて、
ほんとにごめんなさい。

苦しみと悲しみと、つらさ。

ズキズキと私の心を突き刺していく。

そのあとしばらくして、夕ごはんを食べた。何事もなかったかのように私は明るく振る舞った。もちろんお父さんも、美織ちゃんも。時折、早苗さんだけが私を気にし

てチラチラと心配そうに見ては、『おいしい？』とか『おかわりいる？』と声をかけた。

家族の前で、いい子で笑う。

けれど、お守りがなくなってしまったせいで、少しずつバランスが崩れてしまいそうだった——。

友達との亀裂

朝、いつものように家を出るとき、かばんにつけていたブレスレットの場所には何もなくて、動揺した。

お母さんがそばにいなくなったみたいで……。

私、今日いい子でいられるかな。不安だった。

ブレスレットがなくなったことは、あお先輩に伝えることができなかった。

私が自分の口からなくなったと言ってしまえば、あげたことを肯定してしまうような気がしたから。

あれは、決してあげたわけじゃない。

朝のホームルームが始まる前、いつものように三人で固まっておしゃべりをする。

「あ、そうだ」

ふいに友梨が声を上げると、私のほうへ視線を向けて

「今日、七海も遊べる？」

「うちらね、おいしいパンケーキ屋さん見つけたんだけど、一緒に食べにいかない？」

放課後の予定に誘われる。

けれど、私の答えは決まっていて――。

パチンッと両手を合わせると、

「ごめん、今日も妹の迎えがあって……」

と謝った。

朝、家を出る前に、早苗さんがいつもより遠慮気味に『ごめんなさい。今日も、その、美織のお迎えいいかしら』と言ってきた。

嫌だと思った。断ってしまいたかった。でも、家の中の雰囲気を壊してしまったら気まずくなるのは分かりきっていたから、「……いいよ」と答えた。

「えー、また迎え？」

「ずっと思ってたんだけど、それお母さんに頼むんじゃダメなの？」

もっともなことを告げられて困惑していると、

「今日くらいは一緒に行こうよー」

「そうだよそうだよ」

私の答えを待たずに急かすふたり。

そんなことできていたらとうの昔にやっているよ、なんて不満めいた感情を心の中で吐きながら、

「ほんとごめん。……親にどうしてもって頼まれてて」

それしか言葉が見つからなくて、終始手を合わせて謝る私。

まだ納得がいってないのか、ふたりは唇をとがらせて「えー」と不満を漏らす。

「ごめん。今度絶対、埋め合わせするから」

「またぁ？　この前もそう言ってたじゃん」

「今度こそ！　今度こそ絶対に埋め合わせするから……！」

ふたりは一度顔を見合わせたあと、どちらかともなくハアーとため息をついたあと
「今回だけだからね」

「次は絶対だよ」

と釘を刺したのだ。

私は藁《わら》にもすがる思いで、首を縦に振った。

今度埋め合わせするから、なんて自分で言ってみたはいいけれど、その約束は、はたせるのかな。

だって私、迎えを頼まれることはしょっちゅうあるもんなあ……。

「そういえばさー」

声がして意識を目の前へ向けると、

「七海の妹って今いくつなの？」

流れる水のように会話はさらさらと変化していく。

そのせいで一瞬反応するのに遅れてしまう。

「………」

聞いていないと勘違いされたのか、千絵に「なーなーみー」と耳もとで声をかけられる。

その瞬間、さっきの問いが、頭の中をリピートする。

「な、なんで？」

「いやぁ、迎えにいくって言ってるから、いくつなのか気になって」

「そうそう。七海の家族の話って聞いたことないからさー」

まるで今日のごはん何？と同じ口調で聞かれる。

私は、思わず無言になった。

べつにふたりが悪いと言っているわけじゃない。

家族の話をしない私にも多少の原因はあるだろう。

けれど、私にだって事情はある。だから、そんな軽く聞いてこないでほしい。

「ねえ、七海？」

口をつぐんでいると、声をかけられる。

私は今、笑っているだろうか。

ちゃんと口角を上げているだろうか。

「な、何？」

歯を噛み締める音がわずかにした気がした。

「うちらよくふたりで、父親の愚痴《ぐち》よく言ってるんだけど、七海はそういうのあったりしないの？」

家族の話題が続いて、どきどきが止まらない。

「父親って何かと口うるさいじゃん。宿題は終わったのかとか携帯ばっかりいじるなとか！」

「そうそう。ほんっとそういうの嫌だよね」

どうしよう、早くこのまま話が過ぎればいいのに。

「その点、お母さんって優しいよね。私はよくお母さんと買い物行ったりしてる」

「私も私も！　お姉ちゃんと三人で買い物行って好きなの買ってもらってる！」

今度は、父親から母親の話題に切り替わる。

この流れは、ちょっと嫌だ……。

「ねえ、七海のお母さんってどんな人？」

──嫌な予感は、的中した。

「どんな人って……」

言われても困る。

だって本当のお母さんは病気で死んじゃったし、お父さんと再婚した早苗さんのことはお母さんって思ったこともないし。義理の母と仲があまりよくないことも知られたくない。そもそも、お母さんが亡くなってることは言いたくないし……。

「お母さんいくつ？」

黙り込んでいた私を急かすように、千絵が尋ねる。

私は一瞬考えたあと、

「……三十六歳だけど」

結局早苗さんの年齢を答えると、

「えー、若い！」

「嘘！　ちょー若いじゃん！」

ふたりして顔を見合わせたあと、

「いいなぁ、羨ましい！」

「私のお母さんと取り替えてほしい！」

ふたりは悪意のない言葉を並べる。

「じゃあさ、妹いくつなの？」

最初の質問に戻った友梨。さすがにこれ以上は誤魔化せそうになくて、

「……三歳、だけど……」

すると、それに驚いたふたりは、「えー」と声を上げて、

「三歳なの!?」

「かなり年離れてるねえ！」

と過剰に反応した。

そのせいでクラスメイトは一瞬私たちのほうへ視線を向ける。

けれど、何事もないと分かるとすぐにその視線からは解放される。

イライラ、キリキリ、蠢《うごめ》く不穏な感情。

「なんで年離れてるの？」

ひとりが言えば、ねえなんで、無邪気に楽しそうに言葉を続ける。

ふたりはまるで三歳児のように、なんで、どうしてと質問ばかりする。

自分たちの疑問だけを解決して満足したいのかな。

気を遣うという言葉が、ふたりの頭の辞書には載っていないのだろうか。

「ねえ七海、聞いてる？」

尋ねられるたびに、〝なんでなんで〟と頭に残る。

まるでほんとに三歳児。

美織ちゃんとの会話が頭に浮かぶ。

――『やだぁ！　これみおりのなの！』

そう遠くない記憶が頭の中でリピートされて、ゆらゆら揺れる心。ズキズキ痛む頭。

胸の奥は無数の針で刺されているようで。

じっと、かばんを見つめる。

いつもならそこにブレスレットがついていたのに、今日はない。

私の、お母さんのお守りが……。

「……そんなの関係ないでしょ……」

ポツリと声を漏らすが、聞き取ることができなかったふたりは、

「え、何？　聞こえない」

「何て言ったの？」

「それより、なんで妹とそんなに年離れてるの？」

悪意のないふたりの表情を見た瞬間、私の何かがプチンッと音を立てて切れた。

「なんでって聞かれても、私にも言えないことあるからさぁ……」

――ポロッと涙がこぼれてしまった。

「えっ、七海？」

「どうしたの？」

ふたりは、そんな私を見て戸惑ったのか、オロオロしだす。

「おーい、ホームルーム始めるぞー」

そんな中、何も知らない宮原先生が出席簿を片手に教室へ入って来た。

クラスメイトは自分の席へと戻るが、いまだ私の机の前にいるふたりを見て、尋ねる。

「何かあったのか？」

「いえ、べつに……」

ふたりは答えた。

「じ、じゃあうちらも戻るね」

「だ、だね」

気まずそうに小声で私に告げると、そそくさと席へ戻るふたり。

虚無感、喪失感《そうしつ》、絶望感、全てが私を襲ってくる。

のどの奥がぎゅーっと苦しくて、胸の奥がチクチクと痛くて、息が、視界が、何もかもが消えてなくなりそうになる――。

「おいっ、花枝⁉」

宮原先生の焦った声が聞こえてくるけれど、私は立ち上がって教室を出て行った。

どこへ行くあてもなければ、目指している場所もない。

ただただ私は足を進めて、前へ前へ進む。

大きく息を吸える場所を求めて。
ひとりになれる場所を探し求めて——。

雨、のち晴れ

教室を飛び出し、校舎裏で泣いた。

ここなら人目につかないからと大泣きした。

そのまま戻ることはできなくて、授業をサボった。

それからあっという間に時間は過ぎ、チャイムが鳴ったから、そろそろ教室に戻らなきゃ……と廊下を歩いていると、宮原先生に会った。

先生は何があったのか尋ねることはなかった。

もしかしたら友梨たちから経緯を聞いたのかもしれない。

怒られることはなく、「次は授業に出るんだぞ」とそれだけ言って話は終わった。


「あの、七海」

昼休みになりふたりに声をかけられて、顔を上げると、

「うちら今日、別で食べるね」

ぎこちない声に、合わせられない目線。

「……あー、うん……」

仕方ない。そう思って返事をすると、じゃあそういうことで、とふたりは足早に教室を出た。

その足音は私から早く逃げるためのように聞こえて、胸がズキッと痛んだ。

一度切れてしまった糸はもう繋ぎ直すことは不可能らしい。

分かってはいたことだけど、さすがの私もへこみそうだ……。

それにクラスメイトも私を見て見ぬフリで、誰も声をかけようとはしない。

ははっ、と心の中で笑ったけれど、ただただ虚《むな》しくなるだけで、全然楽しくなんかない。

代わりに心がキリキリと痛むだけだ。

「……っ」

教室は息が詰まりそう。

空気が薄いのかな。

それとも呼吸ができてないのかな。

私は息の仕方すら忘れてしまったのだろうか。

今まで私はひとりになることを恐れていた。

でも、これでよかったのかもしれない。

だってもう、いい子を演じる必要はなくなったのだから。

猫をかぶることをしなくていい。
誰かの顔色を窺って、息苦しい毎日を過ごすことをしなくていいんだ。
私はお弁当箱とスマホだけを持って、教室を飛び出した。
屋上へと続く階段までやって来ると、そこに座った。
教室を抜け出したのに息が苦しい。
ハア、ハアと息が上がる。
全速力でここまで駆けて来たからだろうか？
これからの毎日に恐怖しているのだろうか？
それともべつに理由があるのだろうか？
お弁当そっちのけで私は膝を抱えて顔を埋めた。
——ピコンッ。
メッセージの通知音が鳴る。
力なく顔を上げると、階段に置いていたスマホに手を伸ばす。
【ちゃんと飯、食べてる？】
あお先輩からの何げないメッセージに、込み上げるものを感じた。

【……もうやだ】

震える指先で文字を打ち込むと、ものの数秒で通知音が鳴る。

【今、どこ？】

【屋上の階段】

【すぐ行く】

泣きたくなった私は、膝を抱えて縮こまった。

――ダンダン、ダンッ。

「七海！」

足音と声がして、顔を上げると、息を切らせて壁に手をついていたあお先輩がいた。

「あお、先輩……」

「何かあったの？」

ハア、ハアと肩で呼吸をしながら袖《そで》で汗を拭《ぬぐ》って、階段を一段ずつ上ってくる。

私の隣に、ひとり分のスペースを開けて静かに腰を下ろす。

「友達に八つ当たりしちゃって……」

「八つ当たり？」

尋ねられて、コクリとうなずく。

言葉の選択は正しい？

――ううん。あれは私が一方的に感情をぶつけただけ。

「どうして八つ当たりしたの？」

「それは、積もり積もったものに火がついちゃったというか……」

「積もり積もった？」

私はそれに、小さくうなずいた。

「でも火がついたきっかけは何かあるんでしょ？」

「それは……」

今までなら受け流せていたことが、ブレスレットがなくなってしまったせいでできなくなった。

美織ちゃんとのやりとりが頭にこびりついて、それを思い出したあの瞬間、自分で自分を抑えることができなかった。

聞かないでほしいと拒絶してしまった。

何も答えない私を見て、あお先輩は「そっか」とポツリと言葉を落とすと、

「話したくないなら話さなくてもいい」

と言ってくれた。

「……話さなくて、いいんですか」

「七海の顔見てたら、聞かない方がいいことくらい分かるよ」

「私の顔……？」

どんな顔をしているんだろう、と思いながら頬に触《ふ》れると、

「人には聞かれたくないことのひとつやふたつは当たり前」

と言って私に向かって手を伸ばす。

思わず目を閉じると、ふわりと頭に乗っかった何か。

一瞬で理解する。

――あお先輩の手のひらだ。

目を開けた私は、先輩と視線がぶつかった。

少し照れくさそうにはにかんだあお先輩。

それなのに笑顔はとても優しくて、手のひらの熱がじんわりと伝わってくる。

「ほんとに聞かないんですか？」

「何。聞いてほしいの？」

「そう、じゃないですけど……」

唇を噛み締めてうつむく。

「七海が話したいときに話してくれたらいいよ」

たったひとつしか年が違わないのに、先輩は私よりもうんと大人だ。

私は自分のことでこんなに動揺するのに。

「でも……」

あお先輩は言葉を続けると、

「七海の力になりたい」

「……え？」

私は思わず顔を上げる。

「どうしてそこまで……」

「なんでだろうね」

フッと口もとを緩めると、「俺にもよく分かんない」と言った。

そういえば、この前もそんなことを言っていたなぁと思い出す。

初対面の相手にそんなことを言えるあお先輩は、すごいと思った。

ほんと不思議な人だ、と先輩を見つめていると
「でも、いつか七海が自分から話したいと思えるようになったとき、聞いてあげられ

たらいいなって思う」

そう言って、口もとをわずかに緩ませた。

「……ほんとにそれでいいんですか？」

「そう言ってるでしょ」

「でも、そしたらずっと話さないかもしれませんよ？」

どんなに時間が過ぎても傷が癒《い》えることはないのだから。

ブレスレットを欲しがった美織ちゃんの味方をしたお父さん。私の気持ちなんて全部無視。

大切な形見だったのに、どうして私ばかりが我慢をしなくちゃならないの……。

私の大切なブレスレットを奪った美織ちゃん。味方をしたお父さん。お母さんのフリをしてる早苗さん。

みんな、みんな嫌い……。

――でも、あお先輩には嫌われたくない。

先輩だけには――。

「……ほんとに、待っててくれますか？」

「待つよ」

ふいに聞こえた言葉が、私の耳に真っ直ぐに入り込む。

私は薄く唇を開けて驚いてみせると、あお先輩は、

「いつまでも待つから」

とまた私に言葉をかける。それがどれだけの本気なのか見当もつかなかったけれど。

「七海が話してくれるそのときまで俺、ずっと待っててあげるから」

その言葉を聞いた瞬間、胸の中がぎゅーっと締めつけられる。

──私、泣いてしまいそうだ。でも、泣き顔は見られたくない。

うつむいて膝を抱える私。

「どうかした？」

尋ねられるけれど、声を出してしまえば泣きそうなのがバレるから、首を横に振るだけ。

そんな私を知ってか知らずか、あお先輩は「ふうん」と返事をしたけれど、それ以上は何も言わなかった。

その気遣いが、胸に染みて、ツーッと涙が頬を流れる。

声を殺して涙を流すけれど、きっとあお先輩には聞こえている。

一度こぼれてしまった涙。栓《せん》が抜けた蛇口《じゃぐち》からたくさんの水が溢れるように、それを止めるすべはもうなくて。

小さく唇を噛み締めて、泣いた。

そもそも人前で泣くことなんて一度もなかった。

どんなに苦しくてもつらくても、泣くのは自分の部屋でひとりのときだけ、と決めていた。

それなのにあお先輩のそばにいると気が緩んでしまう。

それとも私が弱くなったのかな。

苦しみに耐えられなくなったのかな。

——いや、違う。

これはきっと、あお先輩のせい。

「明日は晴れるといいな」

髪の毛の隙間からするすると入り込む先輩の声。

今日の天気は、快晴で雲ひとつない空だ。

それなのにそんなことを言うのはおかしい。

だとすれば、先輩は私に対して言ってるのだとすぐに分かる。

あお先輩、私が泣いてるの気づいてるんだ。

でもそれを指摘しようとはしない。

だから代わりにそんなことを言ったんだ。

私は泣いている。

だから天気は雨。

〝明日は晴れるといいな〟

先輩が言った言葉が、頭の中で何度も何度もリピートされる。

その言葉に隠された意味。

そうっと涙を指で拭って顔を上げると、あお先輩は、すごく優しい顔をして目を細めていた。

あお先輩は何も言ってはいない。

ただ、笑っただけ。

それがまた、私の心を揺らし、涙がじわっと溢れてくる。

私は、またうつむいて泣いた。

だけど、私も思った。

私も願った。

明日が晴れますようにと。

明日笑っていられるようにと。

そう、思いながらとめどなく溢れる涙をスカートで受け取った――。

ひとりの強い味方

【今、屋上にいるんだけど、七海も来る？】


お昼休み、私は屋上へと駆け上がる。

お弁当を抱えながら、ハアハア、と肩で息をしていると
「ほらこっち」

と言ってあお先輩は自分の隣をポンポンっと叩く。

全然頭が追いつかずに困惑していたけれど、とりあえずそこに腰を下ろした。

「来るの早かったね」

「え、あ……たまたま近くにいたので……」

言い訳がましく言うと、隣で何の気にも留めていない様子のあお先輩は、

「ふうん、そっか」

と相づちを打って、パンの袋を開けて食べ始めた。

教室にいたときにスマホに連絡が入り、一目散に駆け出して今に至る、なんてことバレたくなかったんだもん。

　隣でパンをかじるあお先輩を横目に、膝の上でお弁当をパカっと開けると、卵焼きをつまんで一口かじる。

　甘さが身体に浸透して少し緊張がほぐれた。

「あお先輩は、なんでメッセージくれたんですか？」

　隣へ視線を向けると、ゴクリと飲み込んだ先輩の喉仏《のどぼとけ》が上下に揺れる。

「分かんない？」

「え」

　なぜか質問で返されて、気の抜けた声を漏らした私。

「いいえ」と首を横に振って答えると、

「じゃあ教えてやんない」

「えっ……？」

「自分で考えて」

　そう言われて、困った。

　どうしてあお先輩は私に連絡をくれたんだろう。

　きっと、あお先輩のことだ。何か理由があるはず。

「──あっ」

　ある出来事を思い出し、思わず声が漏れた。

あお先輩は私へちらりと視線を向ける。

……私、あお先輩の前で泣いてしまったんだった。

でも、友達とのことは言えてない。

聞いてほしい。けれど、迷惑じゃないかな。

「あの、あお先輩……」

――やっぱり、聞いてほしい。

「ん？」

「私、実は……友達と喧嘩《けんか》っぽくなってしまって……」

勇気を振り絞《しぼ》り、打ち明ける。

「えっと、その……」

でも、なんて説明したらいいのか分からずに、すぐに言葉に詰まった。

「ゆっくりでいいよ」

そうだ。私、落ち着け。こんなんじゃ全然伝わらない。すーはーと深呼吸をして。

「この前、友達に家族のこと聞かれたんです。家庭環境が複雑なこと、まだ言えてなくて……突然聞かれたから、うまく説明できなくて、それで……」

話していて苦しくなった私は、それで、と何度か繰り返しながら、両手を握り締める。

「私……いい子でいることが、できませんでした」

あの日の出来事を思い出し、また苦しくなった。

今、私はちゃんと笑えているだろうか？

それとも泣きそうなのだろうか？

「七海……」

あお先輩は、言葉を詰まらせる。

——頑張れ、私。心の中で自分に背中を押す。

「私のお父さんが再婚したんです。それで、妹が生まれて……だからちょっと複雑で……」

ブレスレットや友達とのことが走馬灯《そうまとう》のように思い出される。

「友達に家族のこと言ってなかった私もいけないのかもしれないけど……」

人には言いたくないことや言えないことたくさんある。きっと、ふたりにだって——。

今まで、いい子の仮面を被っていたのに。

今まで、頑張ってこれたのに。

「私、全然ダメですね」

えへへ、と自虐的《じぎゃくてき》に笑う。

「全部、失くしちゃった……」

素顔の私が、顔を出す。

友達も、大切なお母さんからのプレゼントだったブレスレットも──。

「そんなに自分のこと責めなくてもいいんだよ」

「え……?」

「むしろ七海は今まで十分頑張ってきた」

あお先輩の声が、あまりにも優しくて胸に深く染み込んでいく。

「友達の前でも、家族の前でも、学校でも。七海はずっといい子でいようって頑張ってた。だから、苦しくてツイッターに投稿してたんでしょ」

あお先輩の瞳が、真っ直ぐ私を捉えて。

「七海が頑張ってたこと、俺が知ってる」

──ひとつ言葉が落ちるたびに。

「もし仮に全世界の人類が敵だとしても、俺だけは七海の味方だから。絶対にひとりだと思うな」

──胸が張り裂けそうなくらい泣きたくなって。

嬉しいのと、泣きたいのと、ぐちゃぐちゃになる。

どうして、あお先輩だけには全部言えるのかな……。

宮原先生も『相談に乗る』って言ってくれたけれど、この件を家族に知られると思うと、どうしても話せなかった。

「あお、せんぱ……」

喉の奥に言葉が詰まり、込み上げそうになる感情。

教室を飛び出してから、今まで話していたクラスメイトも私と少し距離を取り始めた。いい子として過ごしていた私が、友梨たちと一緒にいることがなくなり、ましてや教室を飛び出すなんて想像もしなかったのかもしれない。

いい子の仮面を取ってしまえば、私じゃなくなる。

素顔の自分は受け入れてもらえない。

そんな中、たったひとりだけ。あお先輩だけは、私のことを受け止めてくれる。

──それだけで、心が救われるんだ。

「……ありがとう、ございます」

泣きたくなくて、ぐっとこらえると、

「何のこと？」

優しい顔で微笑んで、はぐらかす。

その気遣いが無性に泣きたくなった。

ツイッターであお先輩とやりとりをしているときは顔も声も分からなかったけど、

今隣に座っている先輩は、顔も声も見えるし聞こえる。

同じ時間を共有していた。

私は静かに瞬きをしたあと、お弁当を食べる。

チラッと隣を見れば、黙々とパンを食べる先輩。

ふいに、お箸を止めて。

「……あお先輩、お昼それだけですか？」

「そうだけど、なんで？」

「あ、いえ。いつもパンなのか気になったので……」

すると、あー、と気まずそうに声を上げて考えたあと、

「俺、パンが好きだから」

と、笑って答えると、わずかに目を逸らされた。

「あお先輩──」

尋ねようと思ったけれど、のどの奥から言葉が現れなかった。

いつもと違う雰囲気で何か突っ込まれたくない事情でもあるかのような、あお先輩の表情。

「何？」

黙り込む私を見て、尋ねる。

「あ、いえ……何でもないです」

小さく首を振った。

私にも人には聞かれたくないことがある。

だからきっと、あお先輩にだって聞かれたくないことあるよね。

「──それ」

突然呟いた先輩に視線を向けると、私のお弁当へと指を差していて、

「……どれですか？」

先輩の指とお弁当を交互に見つめると、

「唐揚げうまそう」

ポツリと先輩が言った。

「唐揚げ好きなんですか？」

知らなかった。そうなんだ。あお先輩、唐揚げが好き……。

「……じゃあ、ひとつ食べます？」

私が尋ねると、「え」とあお先輩は目をまん丸にした。

あれ、違ったのかな。だとしたら、恥ずかしい。

「……ほんとに、いいの？」

数秒したあと、あお先輩は私に確認する。

よかった。合ってたみたい。

「大丈夫です。……あっ、でも、お口に合うか分かりませんが……」

私のお弁当箱から唐揚げをひとつ先輩にあげた。

「ん、うま」

すると、あお先輩はすぐに表情を緩める。

「ほ、ほんとですか……？」

「うん、ほんと。うまいね」

あお先輩の言葉が嬉しくて、「よかったぁ」と心の声が口に出る。

「それ、七海が作ってるの？」

「あ、はい。早苗さんが忙しいときは自分で作ってます」

「早苗さんって、義理のお母さん？」

「……あ、はい、そうです」

「ふうん、そっか。七海偉いな」

「いえ、全然……私なんかよりも早苗さんのほうが……」

血の繋がっていない私のことを育ててくれているのに、私は。

「七海？」

いきなり黙ってしまった私を心配してか、声をかけるあお先輩。

「全く血が繋がっていないのに私のことを育ててくれて……それなのに私、義理の母をお母さんだなんて思えない……なんて言ったら、最低ですよね」

だから、バチが当たるのかな。

でも、私にとってのお母さんは今も、そしてずっと昔から、亡くなってしまったお母さん、ただひとりだ。

「何言ってんの。おかしくないし、最低でもない」

「で、でも……もう四年になるのに……」

「何年とか関係ないよ。それに再婚したからってすぐにお母さんって呼べる人なんて、滅多《めった》にいないんじゃない？」

どうなんだろう。他の家庭のこと分からないから……。

ひとつ分かるとすれば、それは私には情《じょう》がないってこと。

こんなに良くしてもらっているのに、いつまで経っても早苗さんって呼んでる私は、きっとおかしい。

「七海にとってのお母さんは、ひとりなんでしょ」

不意に告げられた言葉に、「えっ」と動揺する私。

まるで、自分の心を読み取られたみたい。

「違う？」

優しく諭《さと》されて、

「……違わないです」

口から本当の気持ちがこぼれ落ちた。

そうしたらあお先輩は、笑った。

あお先輩の言葉が、笑顔が、私の心を掬い上げる――。

◇

お昼休みが終わったあと、教室へ戻ると、ドアの前でばたりとふたりに遭遇する。

「あ」

「あ」

お互い思わず声が漏れる。

こういうときって何か言葉をかけた方がいいのかな。でも私が一方的に八つ当たりしちゃって気まずいし……。

頭の中でぐるぐると考えていると、

「えーっと、私たちちょっと急いでるから」

「そ、そう！……じゃあね！」

矢継《やつ》ぎ早《ばや》に言葉が流れてきて、気まずそうにふたりはそこからいなくなる。

せめて何か一言でも言えばよかったのかな。

この前はごめん、って。あのときはちょっと他の理由でイライラしてたからって謝れば、またもとの日常が戻って来たのかな……。

そしたらまた楽しくおしゃべりする？

でも私、ほんとに仲直りなんてしたいのかな。

今の状況のほうが気楽なんじゃなくて……？

――やめやめ、と頭を振って考えを吹き飛ばすと、クラスメイトの視線を遠目で感じながら、自分の席へと最短距離で向かった。

席に着いて周りを見渡すと、まだみんなそれぞれの場所で楽しくおしゃべりをしたり、お菓子を食べたりしている。

つい最近まで私もあんなふうにしてた。

楽しいかどうかは別としてもひとりになることはなかった。だから心強かった。

でも、私はあんなふうにすることはもうできないんだなあ……。

クラスメイトは私をチラチラと見ては、何やら話をする。

もともとそんなに話すわけではなかったけれど、些細な何げない会話くらいすることはあった。

でも今はそれすらもなくなった。

まるでみんな私に関わりたくないかのように、視線がぶつかってもすぐに逸らされたりして、話しかけないでほしいというような雰囲気が感じ取れた。

ああ、そっか。やっぱりみんないい子の私だけを見ていたんだ。誰も内面は見てくれてない。

そう気づくと、胸がぎゅっと圧迫《あっぱく》される。

こんな感情のまま過ごさないといけないの?

そんなの無理だよ……。

私、そんなに強くない。

いい子の仮面を剥いで気楽ではあるけれど、孤独はつらくて、寂しい。

「──花枝さん」

ふいに声がして顔を上げると、メガネを掛けた委員長がそこにいた。

そして、これ、と言ってプリントを手渡すと、

「それじゃあ私はこれで……」

と足早にその場を去っていった。

ありがとう、さえ言う暇もなかった。

視線を周りへ向ければ、ササッと逸らされる。

まるでだるまさんが転んだをしているような気分だ、なんてとてもじゃないけど楽観的にはなれそうになかった。

みんなして何なの。

私をクラスののけ者にでもしたいの？

団体行動の輪に溶け込めない人はこうやって爪弾きにされる？

何もかもがうまくいかない。

——学校も、友達関係も、家族も。

負の連鎖《れんさ》が続いていくばかりで、曇り空のようだった。

結局みんないい子の私だけを見ていたってことなんだ。

仮面を剥いだ私なんて必要ない、みんなにそう言われているようだった。

プリントの上に置いている手のひらに力をいれると、くしゃりとよれてしわになる。

そんなことをしても気持ちは晴れることはなくて、ただただ虚しいだけで。

窓の外は、晴れとは程遠いような重たい灰色の雲が空を覆《おお》っていて、今にも雨が降りだしそうだ。

——私の心も同じだと感じ、より一層心が重くなった。

第三章

光と影

今日の夕ごはんは家族団欒《だんらん》でテーブルを囲んでいた。

「おお、今日はみんなそろってごはんか。久しぶりだな」

「ええ、そうよね」

言いながら、早苗さんはテーブルにおかずやお味噌汁《みそしる》を並べていく。

「パパぁ、あとでおえかきしよーっ！」

「そうだな。あとで遊ぼうな」

お父さんは、美織ちゃんの頭を撫でる。

「ママぁ、だっこ！」

早苗さんに美織ちゃんが駆け寄ったけれど、

「パパが抱っこしてあげるぞ」

と言ってお父さんが世話を焼いた。

私は、飲み物を取りにキッチンへ来ていた。

三人が視界に映り込むたびに、ため息をつく。

「七海ちゃん手伝ってくれてありがとう」

ふいに早苗さんの声が聞こえた私は、「ううん、大丈夫」と笑顔を取り繕う。

「ママぁ～」

美織ちゃんが早苗さんを呼んで、早苗さんは「はいはい」と呆れながらも幸せそうに笑いながら美織ちゃんのもとへ向かった。

私たちの事情を何も知らない人が見たら、普通に仲の良い家族だと思うだろう。何も問題はないと思うだろう。

けれど、そこに私は含まれることはない。

だって私だけが別世界にいる。

三人がいるリビングだけがスポットライトに照らされて、私はそこへ歩み寄ることもできない。

「──七海ちゃん」

呼ばれた声に意識を戻すと、私を心配そうに見つめる早苗さんと視線がぶつかった。

濁りのない瞳で真っ直ぐに私を見つめる。

心配したように下がる眉尻。

……やめて、私をそんなふうに見ないで。

そうじゃなきゃ私が惨《みじ》めになる。

私だけが罪悪感でいっぱいになる。

そんな感情を押し込めて、

「……何？」

「あ、えっと、ご飯の準備できたから座りましょう」

早苗さんに、気を遣うように声を掛けられる。

「あ、うん、分かった」

私は返事をして何事もなかったかのように食卓に着いた。

「よし。それじゃあ食べるか」

お父さんの言葉を合図に、手を合わせてみんなで「いただきます」と言った。

美織ちゃんは、「いたーきます」と元気よく笑った。

私も笑う。みんなと同じように。

けれど、心の中はズキズキと痛み、黒い感情で覆われそうになる。

「ママこれおいしー」

美織ちゃんがフォークで頬張りながら、そんなことを言う。

ああ、とお父さんはうなずいて、

「確かに早苗の唐揚げは絶品だなぁ」

美織ちゃんの言葉に同調すると、ニコニコ笑っておいしそうに食べる。

そして、

「七海もそう思うだろ？」

「……あ、ああうん。おいしいね」

一口目で止まっていたお箸を慌てて動かすと、ふたりのように頬張ってみる。

早苗さんの料理はおいしい。

ほんとに文句のつけようがないほどに絶品だ。

もちろんそれは嘘ではない。

それなのに私は心から素直においしいと言うことができなかった。

いつも心はどこか別の場所へ行っていて、感情のこもっていない言葉を吐く。

その場の雰囲気を読み取ってみんなに合わせるのだ。

「なみちゃんもおいしー？」

「……うん、おいしいよ」

美織ちゃんに尋ねられて、私は笑って返事をする。

「そっかあ！」

とニコッと笑った美織ちゃんは、口いっぱいに唐揚げを詰め込む。

「美織は早苗のごはんがほんとに大好きだなぁ」

「うんっ、だいすき！」

それを聞いた早苗さんは、ふふふっと口もとを緩めた。

「それはよかったわ。まだたくさんあるからゆっくり食べなさい」

「はぁい！」

元気な返事をした美織ちゃんは、おいしそうに唐揚げを頬張った。

そんな美織ちゃんを見てお父さんも、早苗さんも笑っている。

「美織はいつも元気だなぁ」

「ええ、ほんとに。寝るまでずっと元気にはしゃいでいるから、まだまだ手がかかるわ」

家族団欒の光景がまた目の前に広がり、私の胸はズキズキと痛む。

幸せの形を見ていると、私の心はそれを拒絶するかのように真っ黒に染まりだす。

「ママぁ、なに笑ってるの？」

「美織がいつも元気だねってお話してるところ」

ふふふっと早苗さんが笑いながら言うと、

「みおり、げんき！」

突然右手を上げる。

それに、お父さんも早苗さんも楽しそうに笑う。

美織ちゃんも嬉しいのかしばらく笑ったあと、パクパクとご飯を食べ進めて、「おかありー」とお茶碗を自慢げに向ける。

「おお、美織。すごい食欲だなぁ。ご飯を食べてどんどん大きくなりなさい」

「うんっ！」

お父さんに褒められたのがとても嬉しかったのか、美織ちゃんは元気にうなずいた。

「ふふっ、美織ったらもう」

少し呆れたように微笑んだ早苗さん。

私だけが部外者に見えてならない。

私だけが除外されているような。

私はここにいてもいいのだろうかと不安になる。

「七海、手が止まってるがどうかしたか？」

お父さんの声が聞こえて、パチンッと意識が引き戻されると、早苗さんまでも私を見ていた。

「あ……ううん、何でもない」

言ったあと、下を向いて唐揚げを食べた。

そうか、と言うと特に怪しまれることなく、お父さんも何事もなかったように食事を続けた。

そしておいしいおいしい、と顔を緩ませた。

早苗さんだけがまだ私を見ているような視線を感じた。

けれど私はそれに気づかないフリをする。
だって今、目が合ってしまえばきっと私笑える自信がない。
うまく笑顔を貼りつけられない。
「美織、危ないから左手でお皿を支えて」
早苗さんが注意をして、「はぁい！」と美織ちゃんの返事が聞こえる。
わずかに顔を上げた私の視界に映り込んだ美織ちゃんの左手。
──その瞬間、ドクンっと嫌な音が弾けた。
美織ちゃんの左手でキラキラ光る、世界にひとつだけのブレスレット。
私はそこから目が離せなくなる。
それは私が大切にしていたもの。
私が十年前からずっと肌身離さず持ち歩いていたもの。
それが今は美織ちゃんのものになっている事実が、私の心をひどく傷つける。
下唇を強く噛んで、感情を抑え込む。
私は、いい子だ。
私は十四歳も上のお姉ちゃんだ。
だから我慢しなくちゃいけない。
この家族のためにもいいお姉ちゃんでいなければならない。

のどもとまで出かかっている〝返して〟の言葉を飲み込んで、心の奥底で厳重《げんじゅう》に鍵《かぎ》を掛ける。

「……ごちそう様」

静かに合わせた手のひらは、わずかに震えていた。

「七海ちゃん、もういいの？　ずいぶん残っているわよ」

「……うん、でももうお腹いっぱいだから」

お腹をさすりながら笑ってみせると、そう、と早苗さんは眉尻を下げた。

──やめてよ、そんな顔しないで……。まるでこっちが悪者みたいじゃん。

心の中の私が早苗さんに毒《どく》を吐き始める。

「なんだ、七海。もう部屋戻るのか？」

「うん。まだ宿題残ってるから」

椅子《いす》から立ち上がると、食べ終えた食器をキッチンへと運んで洗う。

「まだ時間も早いんだし、このあと美織と一緒に遊ばないか？」

リビングのほうから、お父さんの声がするけれど、私は静かに首を横に振った。

「なみちゃんもーいくの？」

「……うん、ごめんね。宿題があるの」

「しゅくだい？」

言葉の意味を理解できずに首を傾《かし》げる美織ちゃんに、

「お姉ちゃんの邪魔《じゃま》しちゃダメよ」

と早苗さんが横から口を挟むと、はーい！と聞き分けのいい子のように真っ直ぐピンッと手をあげた美織ちゃん。

美織ちゃんの左手には確かに私があげたブレスレットが輝いていた。

私の心でゆらゆら蠢く感情に、歯を食いしばって拳を握り締めて耐える。

ここで爆発したら今まで築き上げてきたものが全て水の泡になる。

ダメだ、我慢しなきゃ……。

「じゃあ私行くね」

リビングと廊下を隔《へだ》てるドアから抜け出して、パタンッと閉める。

その瞬間、私の顔から笑顔が消えた。

部屋に戻ると、一気に全身から力が抜けてドアにもたれるように座り込む。

膝を抱えて、顔をうつむける。

どうしてこんなつらい目に遭うんだろう。

神様は不公平だ。

十年前にお母さんが亡くなってから私の人生の歯車は狂いだした。

「……お母、さん……っ」

ポツリと漏れた声は、部屋の中で弾けて消える。

私が、まだ六歳の頃。

初めは、身体がだるいことが続いたらしい。

『お母さん大丈夫？』って私が聞いても、お母さんは私に心配を掛けないようにと『大丈夫よ』って笑って答えた。

でも、しばらくするとすっかり良くなって。だからお母さんも私も、みんな安心してた。

それから一カ月経った頃、また身体がだるいと言うようになった。日に日に痛みが伴うようになって、それを見かねた父が病院に連れていった。

帰って来たときは、ふたりとも元気がなかった。そのときは私に何も話してくれなかったけど、それからのお母さんは、甘えん坊のように一緒に寝ようって言ってきたり、私の好きなところへあちこち連れていってくれた。どこへ行くにも一緒で、一瞬たりとも離れなかった。

今思えば、私とたくさんの思い出を作りたかったのかもしれない。

でも私はそれに気づくことはできなくて、気づいたときにはもう状況は悪化していた。

それからしばらくしてのこと。『七海、すぐに帰ってくるからね』と、お母さんは言った。

『どこ行くの？』って聞いたら、『少し検査をするだけだから』と教えてくれたお母さん。

お父さんは、『お母さんの身体をいじめる悪いやつがいないか調べるだけだよ』って、私を心配させないように言った。

いつも家の中でのお母さんは元気いっぱいで笑顔は欠かさなかった。嘘ついたことだって一度もなかった。私も、お母さんたちの言葉を信じた。信じて疑わなかった。

だから病気が見つかったときは、すごく落ち込んだ。

お母さんのそばに誰よりもいたのは私なのに、病気に気づいてあげることができなかった。

入院する前に
『七海が七歳になる誕生日はみんなでお祝いしようね』

お母さんは、そう言ってくれていた。

当然、私の七歳の誕生日前には退院するものだと思っていた。

けれど、入院日数が延びた。それは一カ月、二カ月、そして気がつけば一年の半分をお母さんは病院で過ごすことになった。

だから私の誕生日を家族で過ごすことは叶《かな》わなくて。

その代わり、お母さんは病室で私にブレスレットを作ってくれた。

『一緒にケーキを作ったり、プレゼントを買いにいけなくてごめんね』

『いつになったらおうちで過ごせる？』

『そうねぇ。いつかしらねぇ……』

お母さんは、少し寂しそうに瞳を揺らしたあと、

『お母さんね、プレゼントを買いにいけない代わりに七海に手作りしてるものがあるの』

と言うと、ニッコリ笑ったお母さん。

『プレゼント？』

『ええ、そうよ』

明るい声で言ったあと、じゃじゃーん、と私の目の前に見せてくれたのは、作りかけの青色のブレスレットだった。

青と水色、透明な色の大小さまざまなビーズ。

『――七海の〝海〟をイメージしてみたの。淡くて優しい色が七海にぴったりね』

お母さんは、すごくすごく幸せそうに笑っていたのを、昨日のことのように思い出す。

お母さんはビーズを使って、ブレスレットやネックレスを作るのが趣味だった。

家にいたときもそれを作る姿を隣でよく見ていた。

幸せそうに顔をほころばせながら、ビーズを通している姿が忘れられない。

私はその姿を見ているのが幸せだった。

病気が見つかって入院してしまっても、お母さんはいつも笑顔だった。

ほんとはすごく身体がつらいはずなのに、私がお見舞いに行くと必ず笑顔だった。

入院しているときに一度だけ『つらいなら笑わなくていいんだよ』って言ったことがある。

けれどお母さんは『無理してないわよ。七海が来てくれてほんとに嬉しいから笑うの』と答えた。

それからは何も言えなくて、日に日に細くなるお母さんを毎日目《ま》の当たりにしてきた。

お母さんが心の底から笑ってくれるのならそれでもいいのかもしれないと思ったんだ。

もしかしたらお母さんの強がりだったのかもしれない。

笑顔の仮面をかぶることで私に心配を掛けなくて済む、そんなふうに考えていたのかな。

美織ちゃんにあげたあのブレスレットは、お母さんが必死になって作ってくれた私にとって世界にひとつだけのプレゼント。

だから――。

「返して……っ」

瞳から溢れ落ちる涙は頬を伝って、洋服に染みを作っていく。

ひとつ、またひとつと雫《しずく》がこぼれるたびに私の心が削れていくようだった――。

未完成の心

それから二日が過ぎた。

「教室どう？」

と言ったあとに、パンをかじるあお先輩は意識だけを私のほうへ向ける。

何の躊躇いもなく大きな口を開けてパンをかじる姿。

今日も購買のパンらしい。

「友情って呆気ないものですね」

あお先輩の言葉に答える。

「どうしてそう思う？」

あお先輩はパンを下げて、尋ねる。

「あ、えと」

言葉を準備していなくて焦る私に、

「ゆっくりでいいよ」

優しい声が流れ込んできて、私は一度、ふう、と息を吐いた。

「二カ月も一緒に過ごしていたのに、終わるときってこんなに呆気ないんですね。私があんなこと言わないで我慢していたら、今も変わらない毎日を過ごしていたんでしょうか」

「そんなこと言うってことは七海、ほんとは仲直りしたいの？」

私が友達と仲直り？　……どうなんだろう。私、仲直りしたいのかな。

でもそれならどうして今もひとりで行動しているんだろう。

ほんとに仲直りしたいなら、すでに行動に移していてもおかしくないのに。

――それは、なぜ？

屋上へと続くドアに風が吹きつけて、ガタガタと音を立てる。

それ以外、何も音は聞こえない。

ただ私の身体の中から聞こえる声がひとつあって、それを口にする。

「それは、ちょっと違うかもしれません」

「どうして？」

向けられている瞳から少しだけ目を逸らし、

「私、ずっといい子を演じてたのでどんなに苦しくても笑ってました。友達と一緒にいるときも。でもそれが苦しくてたまりませんでした。だから……ひとりになって少しだけホッとした部分もあるというか……」

「この前は泣いてたのに？」

数日前の出来事を掘り返されて、少し恥ずかしくなった私。

「……あれは、寂しくて泣いてたわけじゃありません」

「じゃあなんで？」

「え、それは、その……」

〝あお先輩の言葉が心に沁みたから〟なんて言えるわけない……。

「よく分からない感情が溢れちゃって」

と、笑いながら言い返すと、あお先輩は「ふうん」と相づちを打つ。

「俺の前でいい子演じなくていいのに」

「えっ？」

「いや、何でも」

何事もなかったかのようにパンに目線を落としたあお先輩。

わずかに、〝演じなくても〟って聞こえたけど……。

「それで？」

あお先輩の声に現実へと引き戻される。

「私には情ってものがないんじゃないかなぁと思いまして……」

「情？」

「だって、二カ月も一緒に行動してたんですよ？　それなのに寂しいとか仲直りしたいとか感情が湧いてこないっておかしくないですか」

　早口で受け答えすると、

「べつにそれは七海がおかしいわけじゃないんじゃない。いつも思うけど、七海は自分が全部悪いんだって決めつけてる」

「だって、それは……」

　ほんとに私が悪いから言ってるのに。

「自分を犠牲にして他者をかばって、自分が悪いんだって。それって七海があんなに無理してた〝いい子〟そのものだよね」

　淡々とした口調で返されて、「え」と困惑した声を漏らす私に、

「今まで七海は人の顔色窺っていい子のフリして。だけどその仮面が外れても、人に嫌われたくないって心のどこかで思ってるんじゃない」

　あお先輩の言葉を聞いて、ひどく動揺する。

「私、そんなことは……」

　――思ってない。違う、そうじゃない。

　でも、言い返せないってどうしてだろう。

「世の中探せばもっとひどい人なんてたくさんいるよ。七海が自分のことを情がないやつなんて言ってるけど、七海とは比べものにならないくらいひどい人が何十人、何

万人といる。そういう人は他人を傷つけてても平気な顔をしてる」

あお先輩の表情は、声は、少し苦しそうで。

私なんかより、よっぽど苦しんで見える。

「だから、無理に仲直りすることだけが正解じゃないんだよ。仲直りしたからって全てが元通りになるとは限らないでしょ」

「それはそうかもしれないですけど……」

まさか、あお先輩がここまで真剣に相談に乗ってくれるなんて思っていなかった。

そういえばツイッターでやりとりをしているとき、人間関係に悩んでるって言ってた。……それともただ単に私に話を合わせてくれただけ？

「じゃあ、あお先輩なら友達と喧嘩してしまったらどうしますか？」

「俺？」

「あっ、もちろん例え話です！」

誤解のないように言葉を付け足すと、分かってるよ、と口もとを緩めた先輩。

「んー」と言ってしばらく考えたあと、

「まあ喧嘩の内容にもよるかな」

想像以上に淡白《たんぱく》な答えが返ってくる。

「もし、すごい内容の喧嘩だったら絶交ですか？」

私が尋ねると、「何、絶交って」と呆れたように笑って、

「自分の許せる範囲ってあるでしょ。俺は、この人のことをどこまでなら許せるかなって考えてみて、許せる場合は仕方ねえなぁって感じで忘れようと努力するかな」

あお先輩は淡々と続ける。

「まあ、人それぞれ考え方も思いも違うし、十人《じゅうにん》いれば十通りの考えがある。十人十色《といろ》って言葉もあるくらいだからね。あとは七海がどうしたいのかが大事だよね」

「私が、どうしたいのか……」

十人いれば十通りの考えがある。

確かにその通りかもしれない。

「改めて聞くけど、七海はどうしたい？」

優しく、私の心に触れるように尋ねてくる。

私は――。

「仲良くしたいってのは違うと思います。……でも、このまま何事もなかったかのように過ごすのは、違うというか、えっとあの……」

定まっていない答えに、しどろもどろになる自分。

「じゃあそれでいいんじゃない」

あまりにもさらっと返されて、一瞬反応が追いつかなかった。

「いいも何も、これは七海が決めていいんだよ。周りの考えに流されたらダメ。大事なのは、七海がこれからどうしたら後悔しないのか。そこが一番肝心《かんじん》だから」

大事なのは、私が後悔しないため。

その通りなんだろうけど。

「私が、決めていい……」

思わず、あお先輩の言葉を反芻する。

そんな私を見て、

「七海は、自分のことを薄情なんて言ってるけど、これだけ悩んで、苦しんで、答えを見つけ出そうとしてる。俺には全然、薄情に見えないけどね」

あお先輩は、クスッと笑った。

私は、全然答えがまとまらなくて頭を抱えて、うーん、と唸《うな》り声を漏らしていると、

「七海は、難しく考えすぎだから、もう少し肩の力を抜いて考えてもいいかもね」

と、あお先輩はさらにヒントを与えてくれる。

「で、でも、考えないと答えが見つからないですし……」

自分がどうしたいのか一瞬で答えが見つかったら一番楽ちん。けれど、そんなことは私には不可能だから。

「……いいんですか？」

「七海の場合は失敗するのを恐れて答えを出せないでいるんじゃない？」

「……え」

私が失敗を恐れて？

「俺には、なんとなくそんなふうに見えるけど」

――あ、でも、そうかもしれない。過去の失敗を二度と繰り返さないために私は、笑うようになって。だから。

「……そう、かもしれません」

思わず、口をついて出た。

たくさんの苦しみから逃れるためにいい子を演じてきた。どんなに嫌なことがあっても笑って乗り越えて……。

「失敗したら嫌だなって不安になる七海の気持ちも分かるよ」

あお先輩は、私に優しい眼差しを向けたあと、

「でもさ、失敗を恐れていたら何も変化は生まれないし同じことの繰り返しだと思う。何度も失敗して経験することによって、それを糧《かて》に人は成長していくんじゃないのかな」

諭すように、ゆっくりと丁寧に言葉を紡いだ。

失敗を経験して、それを糧に……。

もしかしたらあお先輩も過去に同じ悩みがあったのかな。それをもとにアドバイスしてくれてるのかな。

「なんか、人間関係も奥深いんですね」

珈琲豆がじっくり時間をかけて焙煎《ばいせん》をすれば深みが出るように、人間関係も奥が深いようだ。

「俺たちが思っているよりも人との糸ってかなり細いんだよね。だから些細なことですぐに切れる」

「すぐに……？」

うん、とうなずいたあと、あお先輩は「だから」と続けて、

「一度切れた糸を繋ぎ直すのは、かなり勇気のいることだし確実に成功するとも限らない。仲直りするもしないも七海次第だけど、自分の気持ちを優先してあげないと結果苦しくなるだけだからね」

と言ったあと、

「後悔しない選択をするんだよ」

と悲しいような、嬉しいような表情を浮かべた。

その言葉は、私の目を通して、全く違う人物に向けられているように見えた——。

深層に沈む闇

休日の昼食を食べ終わって、しばらく部屋にこもっていると、ふいにドアをノックする音が聞こえて、目を開ける。

「七海ちゃん、私だけど」

早苗さんの声がわずかに聞こえた。

私は、ベッドからもぞもぞと起き上がると、ふう、と息を吐いてスイッチを切り替える。

「はーい」

と返事をしながらドアノブをひねった。

するとすぐに眉尻を下げた早苗さんと視線がぶつかった。

少し下に目線を向けると、早苗さんの足にしがみついている美織ちゃんの姿も見えた。

「どうしたの？」

「あのね……」

気まずそうにすると私の目の前で手のひらを広げた。

「これ、美織が壊しちゃって……」

早苗さんの手のひらに視線を落とせば。

「えっ……」

美織ちゃんにあげたブレスレットの糸が切れて、ビーズはほとんど紐から取れて早苗さんの手のひらで無惨《むざん》に転がっていた。

目の前が一瞬霞《かす》んだ。

「美織、ブレスレットをすごく気に入ってて、おもちゃ遊びに使っていたら……そしたらブロックの角に引っ掛けてしまったみたいで……」

「おもちゃ……」

無意識に漏れる声に、小さくうなずいた早苗さん。

「私が少し家事で目を離したときに……」

言いかけて、口を閉じると、一瞬美織ちゃんへと視線を移した。

私もそこへ視線を向ければ、美織ちゃんはササッと身を引っ込める。

「七海ちゃんにせっかくもらったのに、ほんとにごめんね」

私へと視線を戻した早苗さんは、申し訳なさそうにする。

いつものように大丈夫だよって、笑って言えたら何事もなかったかのように時間は過ぎ去っていくはずなのに。

笑って誤魔化せるほど心に余裕がなくて、それはきっと、早苗さんの手のひらに置かれている壊れたブレスレットを見てしまったから。

「ほら美織もちゃんと謝って」

促すけれど、美織ちゃんは早苗さんの足にしがみついたまま、ふるふると首を振った。

「みおりわるくないもんっ」

三歳児ならこれが普通の反応なのだろう。

「美織、お姉ちゃんに謝るの」

「やだやだ！」

「美織！」

「やーだあっ！」

頑なに首を振って、床をドンドン踏む。

鈍い音と共にわずかな揺れが足の裏から伝わってきた。

お母さんにもらった大切なブレスレットを壊されてしまった悲しみと、苦しみが、私の仮面を剥いでいく。

貸してあげたのは、まだほんの一週間ほど前の話で。

それなのに私の大切なブレスレットは……。

「美織が壊しちゃったんだから、ちゃんと謝らなきゃいけないでしょ」

「みおりのせいじゃないもん！」

「こら美織！」

いい子だった私。

いいお姉ちゃんだった私。

――けれど、もう限界だ。

「……なんで……っ」

ふたりに問いかけるように振り絞った声は、あまりにも小さくて。

うつむいてぎゅっと拳を握り、唇を噛み締める。

「七海ちゃん？」

心配そうに声を落とす早苗さん。

ゆらゆらと揺れる身体。

鉛《なまり》のように重たい頭。

のどの奥が苦しくて息がうまく吸えない。

キリキリと胸が痛みだす。

「なんでなの……」

感情の矛先《ほこさき》ははたして誰？　美織ちゃん？　早苗さん？　それとも他の誰か……？

美織ちゃんに向かってかがんでいた早苗さんが立ち上がると、

「七海ちゃん」

こちらに手を伸ばそうとしてくる。

「――名前で呼ばないで！」

私はとっさにその手を払い除けた。

廊下に響く私の叫び声。

美織ちゃんは早苗さんの足をつかんだまま後ろに隠れた。

困惑した早苗さんは、「え」と驚いた声を漏らしたあと、

「七海、ちゃん…？」

震える声と、瞳が少しだけ揺れた。

うつむいて、唇を噛み締めて何度か耐えようと頑張った。

私は、いい子だからと。お姉ちゃんだからと、我慢しようとした。

ああ、もうダメだ……。

私はいい子ではいられない。

もう、嫌……嫌だ……。

これ以上我慢なんてできない。

「あの、七海ちゃ」

「やめて！」

名前を呼ばれることを遮《さえぎ》って、早苗さんを睨《にら》みつけたあと、

「馴《な》れ馴れしく呼ばないで！」

のどの奥から出た声は、あまりにも低かった。

「え……」

なんで早苗さんが、自分が一番傷ついてるみたいな顔をするの？　傷ついてるのは私なんだよ？

「それ、お母さんにもらった最後のプレゼントだった。私がほんとに大切にしてたブレスレットなのに……」

私の言葉を聞いたあと、「え」と困惑した声を漏らした早苗さん。

「私の誕生日に、お母さんが退院できない代わりに、手作りしてくれたのに……」

「……じゃあどうして……」

「そんなの美織ちゃんのために決まってるでしょ！」

声を荒《あら》らげると、美織ちゃんは驚いて口を手で覆った。

泣きたいのは私のほうだよ、そう思うとさらに感情はヒートアップする。

「美織ちゃんが泣いてたから……お父さんが美織ちゃんの味方をするから……私は、お姉ちゃんだから……」

まくし立てるように言葉を並べると、うわーんっと美織ちゃんの泣き声がする。

「私だってほんとは嫌だった。でも、あの場を収めるためにはブレスレットを手放す他なかった！」

私が声を荒らげると、早苗さんは、事の全てを理解して、

「……ごめんなさい」

弱々しく呟くと目を伏せた。

べつに謝ってほしかったわけじゃない。

強く責めたかったわけでもない。

壊れたブレスレットを見た瞬間、私の中の感情のブレーキが壊れてしまった。

自分を抑制することができずに、今まで内に秘めていたものがどんどん溢れだす。

「謝ってほしいわけじゃない。責任を感じてほしいわけでもない……でも、少しは私の気持ちも考えてほしかった。私が、あのときどんな思いで、ブレスレットを手放したのか……」

「――何をしてるんだ」

ふいに、お父さんの声がして視線を向ければ、私の部屋の前までやってくる。

「どうして美織は泣いているんだ？」

困惑しながらかがむと、美織ちゃんの涙を袖で拭っていくお父さん。

「ちょっと驚いちゃったみたいで……」

眉を下げたまま早苗さんが言葉を取り繕うと。

「驚くってどういうことだ？」

「それは、その……」

「何かあったのか？」

お父さんに尋ねられたそれには答えずに、私のほうを一瞬チラッと見た早苗さんは、すぐに目線を下げる。

私を気遣ってでもいるのだろうか？ それともブレスレットを壊してしまったことを申し訳ないと思っているのだろうか？

「七海が何か言ったのか？」

この状況を見て何となく把握したのか、私に尋ねる。

「……どうして私のせい？」

「いや、それは……」

言葉を濁すお父さん。

私の部屋の前で美織ちゃんが泣いていて、早苗さんが落ち込んでいて、そして私が怒っている。──その状況を見れば誰が見たって見当くらいつくだろう。

それすらも私の感情を煽《あお》る材料になり、イライラが募っていく。

「私のせいだと思ってる？」

「いや、だから――」

「お父さんは私より美織ちゃんのほうが大事だもんね」

返事をする隙すら与えずに言葉を被せると、私の言葉にムッとしたお父さん。

「何を言ってるんだ。七海も美織もどちらも大事な娘だ」

怒った声色《こわいろ》に変わる。

「じゃあなんでそんなふうに私を責めたような目で見てるの」

「だから、責めてはないだろ」

「でも目がそう言ってるじゃん」

何があったかなんて、それまでの過程は一切関係ない。全部七海が悪い。そう言っているような瞳。

「だから……」

ハア、とため息をつきながら頭を掻く。

――もう嫌だ。この際だから全部言ってしまえ。吐き出してしまえ。

「お父さんは……お母さんのこともう忘れちゃったんだね」

「何を言っているんだ」

「何って、お母さんのこと。それとも病気で亡くなった人のことなんて過去のこと？」

私の言葉が気に入らなかったのか、眉間《みけん》にしわを寄せたお父さんは、

「どうして今そんなことを言うんだ。それに父さんが母さんのこと忘れるはずないだろ」

ムッと声色に怒気《どき》がこもった。

「どうだか……」

美織ちゃんが生まれてから、お父さんは幸せいっぱいで人が変わったように明るくなった。

「さっきからお前は何を言ってるんだ」

ムキになるお父さん。

私の気持ちなんて、まるで分かってない。

——そもそも、お父さんは。

「どうして再婚なんてしたの？」

尋ねると、お父さん、そして早苗さんまでもが、動揺して見えた。

「どうしてって……」

「私は嫌だった。お母さん以外の人がこの家にいるのも、お母さんのマネごとをしてるのも」

止まらない口。

止まらない思い。

「七海」

お父さんがより一層声を大きくした。

「──私にとってのお母さんは、死んだお母さんだけ！」

今まで抑えていた思いが、堰《せき》を切ったように全部溢れ出した。

「いい加減にしないか！」

あまりにも大きなお父さんの声に、美織ちゃんはまた、「うわ～ん」と声を上げる。

「どうしたんだ？　ちょっと今日様子おかしいぞ」

ため息をつきながら、眉尻が下がった表情を浮かべて私を見る。

〝今日様子おかしい？〟

今まで私がどれだけ我慢していたのか、気づいてないんだ。

──ああもういいや。全部捨ててしまおう。

そしたら苦しみも悲しみも全部どこかへ消えるはず。

今まで築き上げてきたもの全部が音を立てて崩れ去る。

「……もういい」

うつむいて、唇を噛み、

「七海？」

声をかけられるけれど、それに構う暇なんてなくて、ぎゅっと拳を握り締める。

「もうみんないらない」

もう、全部全部いらない。

こんな偽物の世界なんて私はいらない。

「七海、一体何を」

「もう、みんなのこと大っ嫌い！」

お父さんの言葉を遮ると、部屋の中からスマホだけをつかんで、三人の前を通り抜けようとする。

けれどお父さんに腕をつかまれた。

「ちょっと待ちなさい！」

「うるさいっ!!」

思い切り腕を振り上げると、パッと離れたお父さんの手。

「もうみんないらないんだから！」

ギリッと睨んだあと、歯を食いしばった私は、玄関を飛び出した。

「七海！」

「七海ちゃん！」

ふたりの声が重なって聞こえた。

けれど、立ち止まることなく走った。
強く強く握り締めたスマホ。
瞳からはいつの間にか溢れた涙。
のどの奥が苦しくてたまらない。
どこか切れてしまったのかな。
どこへ行く当てもない。
けれど私は立ち止まらなかった。
もしかしたらお父さんが追い掛けて来るかもしれないと思ったから。
逃げなきゃいけない。
どこまでも、どこまでも、遠くへ。
「……みんな、みんな、大嫌い」
走りながら溢れた涙は、風の中へと流れていった――。

救いを求めた、その先に

街まで辿り着くと、辺りは喧騒《けんそう》に包まれていた。

「わっ……」

知らない人の肩にドンッとぶつかって、一瞬よろける。

「ったく、邪魔だよ」

私を見て眉間にしわを寄せる。

「……すみません」

謝ると、チッと舌打ちをして去っていく。

他人の何げない言葉さえも私には鋭く突き刺す刃物のように思えて、グサリと心を抉《えぐ》られた。

邪魔にならないように端っこのほうに寄っておこう……。

目の前をたくさんの人が通り過ぎていく。

誰も私には気づかない。

まるで自分が透明人間にでもなった気分。

誰にも見つけてもらえないってこんなに悲しいんだ……。

私がいい子をやめたせいなのかな。

あーあ。

これからどうしよう。

お金もないし食べるものもない。寝る場所もなければ、頼る相手もいない。

メモリーに登録しているのは、お父さん、早苗さん、友梨たち、クラスメイト数人、中学の同級生、そしてあお先輩。

今までクラスメイトとやりとりするときはメッセージアプリのほうが多かった。でも、だからと言ってプライベートに深く関わるような仲でもないし……。

あお先輩に連絡？　いや、でもなぁ……。

私、いい子を演じてたくせに全然友達いなかったんだ。

友梨たちは、元々元気で活発な子たちだったから、誰とでもすぐ仲良くなる。それにふたりにとって私は、たくさんいる友達の中のひとりだから……。

あんなに頑張っていい子を演じてたのに、終わるときってあっという間だなあ……。

ブーッ、ブーッ。

──通話音が鳴る。

画面を見つめると、【お父さん】と表示されていた。

でも、今は出たくない。話したくない。

十五秒ほど鳴り続ける。

どうすることもできずに画面を見つめているとプツッと切れる。

安堵した矢先、ブーッ、ブーッとまた鳴った。

……今はお父さんの声を聞きたくない。

走っているときは気づいていなかったけれど、履歴を見ると、私が家を飛び出してからお父さんと早苗さんから何度も着信が入っていた。

でも今は嫌だ。

何も話す気になれない。

どうせ私が責められるだけだ。

美織ちゃんを泣かせてしまったのだから。

私の言い分なんて関係なしに責められるに違いない。

もう私、どうすればいいの？

誰に頼ればいいの？

……お母さんの所に行きたいな……。

『七海』

ふいに、頭の中であお先輩の声が聞こえた気がした。

会いたくて、たまらなくて。

【蒼山光流】

メモリーの中からその名前を探し出すと、画面をタップして、震える手でスマホを耳にかざす。

プルルル、――スマホの向こう側から機械音が響いている。

ワンコール、ツーコール、

『――はい』

あお先輩の声が聞こえた。

その瞬間感情が込み上げて、私は唇を噛み締めて口を覆った。

泣いてしまうと思ったからだ。

『七海？』

何も話さない私を心配するように、あお先輩は声をかける。耳もとであお先輩の声がする。

その声に気が緩んだ私は、

「……あお、先輩……」

ポツリと声を漏らす。

『どうした？』

もう、あお先輩しかいない。

「……助けて、ください」

振り絞る声を上げると、

『今、どこ?』

切羽詰まった先輩の声がする。

「……桜橋駅《さくらばしえき》前の近くの、コンビニがある所」

小さな声で言うと「すぐ行く」と一言だけ言い残してブツッと通話が切れた。

ツー、ツー、っと機械的な音だけが耳もとで響く。

力なく手を下げ、その場にしゃがみ込む。小さく縮こまると膝に顔を埋めた。

それからしばらくして、

「──七海」

誰かに呼ばれた気がして、わずかに顔を上げると、私の目の前で立ち止まる足元が見えた。

そして、ゆっくりと顔を上げる。

「……あお、先輩……」

あお先輩は息を肩で整えて、腕で乱暴に汗を拭った。

ここまで走って来てくれたんだ。

「大丈夫⁉」

あお先輩の慌てた声が落ちてきた。

「どうした。具合悪いの？」

あお先輩は、私がしゃがみ込んでいたのを勘違いしていた。

「……いえ、そういう、わけじゃ……」

私が答えると、あお先輩は私を心配そうに見つめて、

「立てる？」

私の手を取ると、優しく引き寄せる。

「それより急に電話してどうした？　何かあったの？　助けてって何？」

まくし立てられて、戸惑った私は、「えっと」と言葉を探してから、

「……ちょっと家族と喧嘩しちゃって」

と続ける。

「喧嘩？」

尋ねられて小さくうなずいた。

あお先輩は「そっか」と言って私の頭を撫でると、

「俺のこと、頼ってくれたんだな」

悲しいような、嬉しいような顔をして微笑んだ。

「あお、先輩……？」

「助けてって言った。俺のこと一番に思い浮かべてくれたの？」

「それは……」

だって、あお先輩しか頼れる人いなくて……。

──でも、ほんとにそれだけなのかな。

私、あお先輩のことどう思ってるの？

「不謹慎だけど、七海に頼ってもらえて、俺嬉しいよ」

──違う。ただ、頼れるからだけじゃない。

私、あお先輩のこと……。

高鳴る胸を抑えながら、顔を上げる。

「ゴホンッ」

わざとらしい咳払《せきばら》いが聞こえて、ハッとすると、通りすがる人たちが私たちを不思議そうに見つめていた。

「あー……とにかくここ移動するか」

少し照れくさそうに、あお先輩が言う。

その照れがリンクして、私までどきどきする。

「……はい」

あお先輩は私の手をつかむと、私の家とは正反対のほうに歩きだした。

どこへ行くの？　なんてことは聞かなかった。
そんなこと気にならないほどに憔悴《しょうすい》していて、心はうんと痛かった。
だから、スマホが振動していたことなんて全然気づきもしなかった——。

紡ぐ過去

あお先輩に連れて来られた公園のベンチに、へたり込むように腰掛けた私。

「ちょっと待ってて」

あお先輩は、そのまま自販機へ向かった。

「どっちがいい？」

戻って来るなり尋ねられて、見るとあお先輩は両手に一本ずつペットボトルを持っていた。紅茶とコーヒー。

しばらく悩んで、私は紅茶を選んだ。

「……ありがとう、ございます」

「いいよ」

隣へ座ると、すぐにパキッとキャップを開ける音がする。

その音へ意識を注いでいると、

「それで」

ふいに聞こえた声に視線を向ければ、あお先輩と視線がぶつかって。

「何があったの」

真っ直ぐの瞳で私を捉えた。

答えない代わりに、先輩は、

「何かあったから俺に電話くれたんだよね？」

先輩の視線を隣から感じながら、私は躊躇いがちに小さくうなずいた。

ほんの数十分ほど前の出来事を思い出すと、またふつふつと煮えたぎるような感情が込み上げてくる。

このままだと感情任せにひどい暴言を吐いてしまいそうだと思った私は、地面へと視線を落とすと、ふう、と呼吸を整えた。

「お父さんと喧嘩して家を飛び出してきたんです」

「どうして喧嘩したの？」

「妹が」

言いかけて、やめる。とたんにのどが苦しくなったから。

そんな私を心配して、「ゆっくりでいいよ」と隣から声をかけるあお先輩。

落ち着いた平淡な声が私の鼓動を正常にした。

「……私が大切にしていたブレスレットを、妹が壊してしまったんです」

「大切にしてたものって、誰かにもらったの？」

そう尋ねられると、答えるのを躊躇ってしまい、薄く口を開けたまま固まってしまう。

「七海？」

ハッとした私は、しばらく考えたあと顔を上げて、

「亡くなったお母さんにもらったんです」

私の言葉に驚いた先輩は、「え」と困惑した声を漏らした。

「七海のお母さんって……」

「実のお母さん、病気で亡くなったんです。十年前に」

少しだけ震える唇で言葉を言った。

「私の誕生日前には退院できるんだと思ってたんです。でも、入院したきり、亡くなってしまうまでの半年間、家には帰れなかったんですけど……」

目の前にあるジャングルジムをボーッと眺めながら、

「ほんとは身体がつらいはずなのに、私の誕生日を祝えない代わりにってビーズで手作りしてくれたんです」

「手作り？」

「お母さん、ビーズでアクセサリーとか作るのが好きだったから……」

懐かしい記憶を思い出すと、わずかに口もとが緩んだ気がした。

けれど——。

「それを妹が欲しがったんです」

記憶が全て怒りの感情に塗り替えられるように、一瞬で、スイッチが切り替わる。

「綺麗だからって、欲しいって駄々こねて……ほんとはすごくあげたくなかった。それは私とお母さんを繋ぐ大切なブレスレットだったから」

「……うん」

「だけど妹はまだ三歳だから、私が我慢しなくちゃいけなくて…」

言葉を感情に委《ゆだ》ねて、

「……だから、仕方なく貸したんです」

美織ちゃんには、あげるって言ったけど、あれは貸しただけ。

「そうだったんだ」

「まだ子どもだから仕方ないけど、大切に使ってほしかった。それなのに……」

目線を下げて拳を握り締める。

「おもちゃで遊んでるときに、引っ掛けて壊しちゃったって言われて……」

ブレスレットには糸がちぎれたような跡があった、と思い出すと胸が苦しくなる。

「そっか」

と、あお先輩は目線を下げた。

「壊れたブレスレットを見て私、カッとなっちゃったんです。それに驚いた妹は泣いてしまって。妹の泣き声を聞いたお父さんも駆けつけて……。それでお父さんと口論になって、家を飛び出したんです」

言い終えると、胸が苦しくて、ふと空を見上げて、たくさん息を吸った。

「お父さんになんて言ったの？」

声が聞こえて、目線を下げながら

「みんないらないって。みんな大嫌いだって……言っちゃって……」

眉尻を下げて落ち込む先輩の視線とぶつかった。

「だってほんとに嫌いなの……」

ぎゅっと拳を握り締めて、

「私ばかりが苦しくて、神様はどうしてこんなに不公平なんだろうって……」

「不公平？」

「お母さんが亡くなったのだってそうだし、大切なブレスレット壊されたり友達と喧嘩してしまったり……」

苛立《いらだ》った感情は、止まらなくなる。

「なんで私だけ我慢しなきゃいけないんだろう……」

家族は何も知らずに楽しそうで、そんな姿を見るのが私は苦しくて堪らなかった。

「……これ以上もう耐えられなくて」

視界が滲んだ。だから私は、顔に両手を押しつけた。

生きる気力さえ減っていた。

お母さんが亡くなって十年。お父さんが早苗さんと結婚して、お母さんの居場所がなくなった。お母さんが使っていたドレッサーやキッチンを、早苗さんは作っている。まるで初めからこの家にいたかのように、当たり前に。

それにお母さんが着ていた服だって少しずつ減っていた。多分、お父さんが処分した。

今ではすっかり家の雰囲気も匂いも変わって、全くの別物。

「七海、ひとりでずっと苦しい思いしてたんだね」

あお先輩の言葉に感情が込み上げてきて、私は思わず唇を噛んだ。

だって、人前で泣きたくなかったから。

けれど、溢れた感情は止まらなくて、涙がこぼれる。

「七海、よく頑張ったね。偉かった」

そう言ったあと、指で涙を拭ってくれた、あお先輩。

「七海、ずっと今までひとりでつらかったよね。苦しかったよね。そんなつらいこと話させてごめんね」

私を心配する先輩の声が隣から聞こえる。それさえも私の感情を揺さぶって、涙がじわっと溢れてくる。

「でも、俺を頼ってくれてありがとう」

今にも泣きだしてしまいそうな声色で先輩は言った。

そしてまた、頭を優しく撫でる手のひら。

あお先輩は、顔を苦しそうに歪めていた。

なぜか、私と同じように傷ついているような気がした。

堪え切れず、私の瞳からは大粒の涙がこぼれ落ちた――。

それからしばらく泣き続ける私のことを、そばで見守ってくれるあお先輩。

「……ごめんなさい」

泣き止んだ私を見て、

「いいよ、大丈夫」

先輩は眉尻を下げて悲しそうに笑った。

ブーッ、ブーッ、――ふいにスマホが鳴る。

緊張した面持ちでポケットから取り出すと、画面に表示されたのは【お父さん】。

けれど私は、ボタンを押すことができない。

「出ないの？」

尋ねるあお先輩に小さくうなずく。

「……出たくないです」

「心配してるかもよ」

だって今、どんな声で出ればいいか分からない。

きっと何を言われても反発してしまうに決まってる。

そしたらまともな会話なんてろくにできないだろう。

だから今は、まだ。

「……話したくない」

そっぽを向く。

しばらくしてプツッと切れた音に安堵した。

「分かった」

私の頭をポンッと撫でたあと、

「じゃあさ、七海、今から少し時間ある？」

何の脈絡《みゃくらく》もなく落とされた言葉に私は、「え」と声を漏らした。

「ちょっと行きたい場所あってさ。七海がまだ家に帰りたくないなら、付き合ってほしいなと思ったんだけど、無理そう？」

尋ねられて、公園の真ん中に立っている時計塔を見ると、まだ時刻は十五時だった。

「……べつに大丈夫ですけど」

「うん、よかった」

笑ったあお先輩は、残っていたコーヒーを飲み干してゴミ箱へと捨てる。

「じゃあついて来て」

少し離れたところで私に声をかける。

私は追い掛けて、あお先輩の隣に行くと
「どこ行くんですか？」

尋ねてみたけれど、

「それは、内緒」

頑なに教えてくれようとはしなくて。

代わりにわずかに口もとを緩めただけ。

けれど、楽しそうに笑っている感じはなくて、むしろその逆。切なさが滲んでいるような気がした。

私は、小さな違和感を残したまま、あお先輩のあとを追いかけた——。

最終章

オレンジ色の海

駅の改札口へ、ふたりで向かった。

あお先輩は、私の分まで切符を買って私に手渡した。

すでに到着していた下りの電車へと乗り込んだ。

普段電車に乗ることがない私は、どこへ向かっているのか分からなくて、

「あの、どこに行くんですか?」

尋ねてみるけれど、

「さあ、どこかな」

笑ってはぐらかされる。

それから電車に揺られること三十分。

窓から見える景色は、がらりと変わり、緑豊かな森の向こうに青い海が広がって見えた。

水面が反射して、ピカピカしていた。

ホームへと滑り込んだ電車はゆっくりと止まり、プシューと音を立ててドアが開いた。

改札を出ると普段は見慣れない、のどかで豊かな自然が広がっていた。私は、あたりを見回した。

「七海、迷子になるよ」

少し先で立ち止まった先輩が振り向いて、私に声をかける。

私は、駆け足をして先輩の隣へつくと、先輩はまたゆっくりと歩いた。

しばらく坂を上ると、綺麗に整備された霊園が広がっていた。

先輩は中に入って少し歩くと、ふいに、立ち止まる。

そして。

「ここ、俺の妹が眠ってる場所なんだよね」

あまりにも突然のことで私は、言葉が出なかった。

「突然連れて来てごめん……でも、妹と会わせたくて」

と、私を見つめたあお先輩は、悲しそうに微笑んだ。

私は少しだけ戸惑って、何も言えずにいると、墓石《はかいし》へと向き直った先輩は、その場にしゃがみ、そっと目を閉じて静かに手を合わせた。

そして、しんみりした空気の中、

「俺の妹、ほんとなら亡くなるはずじゃなかったんだよね」

悲しそうな声がポツリと漏れた。

「えっ……」

――じゃあ、まさか。

「……妹が十五歳のときに、自殺したんだ」

告げられた言葉は、私が家を逃げ出したものよりもはるかに重たくて、私の心の中にズドンと落ちてきた。

あまりの驚きに、言葉を失った。と同時に、どうして、と疑問が湧いた。

「あとで分かったことなんだけど、妹は写真系のＳＮＳで、たくさんの人と繋がってた」

「ＳＮＳ……」

「うん。趣味とかで景色とか食べ物とか。よく可愛いスイーツは映《ば》えるから一緒に食べにいこうよって言われたり、カップル限定のスイーツを食べたいから彼氏のフリをしてと頼まれて連れていかれたこともあって」

妹さんとの思い出を語っている先輩の後ろ姿は、あまりにも寂しそうだった。

「いつからだったかな」

考え込むように、ふいに、空を見上げた。

私も先輩の視線を追うように空を見上げると、二羽の鳥が大きく羽を広げていた。

「妹は苦しそうな顔をするようになったんだ」

「うん。何かを隠しているような、笑っても無理してることが多くなったんだ」

先輩は、墓石を見つめた。

「悩みでもあるのか聞いても何も答えなくて……」

振り絞るような声を漏らし、肩を震わせた。

「妹が亡くなったあと、スマホを見たんだ。そしたら妹が、パンケーキが乗ってる皿を持ちながら笑ってる写真をアップしていて……。その投稿に心ないコメントが来てたんだ」

「え……」

「うざいとか死ねとかキモいとか。それ以外にも卑劣《ひれつ》な言葉は並んでて。相手は匿名《とくめい》で顔が見えないからって、平気でそんなことを打ち込んで、自分たちは大人数で攻撃してるから強気になるのか、それとも悪いことをしてるつもりすらないのか」

軽く言葉を切って、両手をぎゅっと握り締めたあと、

「それなのに相手はそんなことなど知らずに今も生きている。指先ひとつで文字を打ち込むだけだから罪悪感なく、きっと今もどこかで同じことを繰り返してる」

あお先輩の声は弱々しいけれど、怒りが込められているようで。

そして。

「……苦しそう？」

「妹がどれだけ怖い思いをしたのか、コメントを投稿した人たちは少しも想像してない……。自分の身勝手な言葉が誰かの命を奪っている。それに気づかずに平気な顔して過ごしてる。それが、とてつもなく憎い。憎くてたまらない……」

どんな顔をして言っているのか分からなかったけれど、多分先輩は——。

ＳＮＳはとても便利だ。アカウントを作れば誰だって簡単に利用できる。

そしてどこにいても誰とでも繋がれる。

共通の話題を通じて仲良くなったり、何かを発信したりする点ではとても利便性が高い。

けれど、その分デメリットも多くて。

「妹は、食べに行ったパンケーキについて少しだけマイナスなことを書いてた。それが突然炎上したんだ」

何かの出来事でひとりが標的にされて、顔も見えない不特定多数の人が自分のことを探し出し、住所や通っている学校、職場、本名、姿形をネットで晒《さら》す。すると、あっという間に拡散されて、数え切れないほどの人からの誹謗中傷《ひぼうちゅうしょう》を受けることがある。

「一度妹が手足を擦りむいて帰って来たことがあった。どうしたんだって聞いても『帰り道、転んだだけ』って笑ったんだ。そのときは、ただのドジだなって思ったけど、今考えるともしかしたら……」

ネットの炎上が現実世界にまで及んだとしたら？

「それって……」

私の頭に浮かんだひとつの答え。

想像するだけで恐怖に怯えそうになる。

どうか違ってほしい、そんな思いとは裏腹に、

「……うん。ネットで妹の名前が晒されたんだ」

あお先輩は、答えた。

そして――。

「実害もあって、不特定多数の人から毎日ネットで叩かれる日々を過ごしていたら……それはもう恐怖でしかない」

一歩外に出るだけで命の危険と隣合わせ。外を歩くのも命懸《いのちが》け。

見えない恐怖に怯えながら毎日を過ごすことになるかもしれない。

指先ひとつで、簡単に人を傷つけられて、死に追いやることだって可能で。

自分の言葉が正しい。自分だけが正しいんだと、傲慢《ごうまん》になり、否定的な言葉を返されたらそれに反論する。

「多分……」

と言った先輩は、顔を上げて前を向くと、

「妹はそれに耐えられなくなったんだと思う。それで自ら命を……」

声を震わせた。

「それで妹が亡くなったあと、妹のスマホを見たら、俺宛ての未送信のメッセージが
残ってたんだ」

「メッセージ？」

と、私が尋ねると、あお先輩は、うん、と頷いたあと、

「その内容が『お兄ちゃん、ごめんなさい。SNSのこと、お母さんたちには内緒に
してほしい』って、それだけ残ってた」

「え……」

「多分、母さんたちに心配は掛けたくなかったんだろうね」

あお先輩は無理に明るい声を出す。

「でも」と声を落とすと、握り締めた拳を頭上へと掲げ、

「迷惑掛けたくないって思ってたんなら、妹に生きててほしかった。自分で命を絶つ
なんて、苦しい思いしてほしくなかった……」

声を振り絞り、項垂《うなだ》れるように頭を抱えて背中を丸めた。

その肩が小刻みに揺れている。

「つらかったんだよな。きっと……」

くぐもった声が聞こえた。「妹は……」と言いかけて、一度口を閉じたあお先輩。

声も、表情も、全部苦しそうで。

「俺にも相談できずに母さんたちにも言えずにひとりでそれを我慢してた。最後まで、ずっと……」

そう言った先輩の声は、まるで泣いているみたいに聞こえた。

いつも私のことを支えてくれた、あお先輩。

「俺は、妹が悩んでいたことにも気づいてやれないダメな兄なんだ」

今日はすごく弱って見える。

妹さんは、ＳＮＳの炎上で追い詰められてしまった。

自ら命を絶つまで、ずっと家族に心配を掛けないように我慢していた。

それなのに、今、あお先輩がこんなふうに過去から立ち直れなくなることを妹さんは望んでいたのだろうか。

——ううん、きっと違う。

「そんなこと言ったら、妹さん悲しんでしまいますよ」

「だって、ほんとに俺は……」

そう言って苦しそうに顔を歪めるあお先輩。

今から私が言うことは、全部憶測にしか過ぎないけれど。

「妹さんは、あお先輩に責任を感じてほしかったわけじゃないし、苦しんでほしいわけでもないはずです」

「なんで、そんなこと分かんの……」

いつもより穏やかではなく、力のないあお先輩の声。

「妹さんが、家族のことを最後どう思ったのか、それは私にも分かりません。真実は妹さんにしか分からないから」

中途半端《ちゅうとはんぱ》な言葉は、ときに誤解を生んでしまうかもしれない。

それでも私は、あお先輩を助けたい。

「だけど……大切な人が目の前からいなくなる悲しみは……私も分かるつもりです」

──私も、そうだったから。今だってそう。苦しみのど真ん中にいる。

「苦しいことや悲しいことは、できることなら忘れてしまいたい。そうしたらどれだけ楽になれるかな、どれだけ苦しみから逃げられるかなって、何度も思ったことあります」

お母さんの所に行きたいって、思った。

「でも、忘れられないんですよね。何年経っても、それが消えることはない」

「……うん」

あお先輩は、弱々しくうなずいた。

「たとえ、どんなに苦しくてもその苦しみを背負《せお》って生きていかなきゃいけない」

──大切な人に、会いたいと思っても会えない。

それでも、今を生きなきゃいけない。

「それに私、思うんです。自分が死んでしまったら、大切な人を思い出すこともできなくなってしまう」

「大切な人を……」

「私、お母さんのこと忘れたくありません。お母さんとの思い出があったから、何とかここまで来れた」

ふいに、ブレスレットのことを思い出し胸がちくりと痛む。

現実を思い出し、嫌になることばかり。

──だけど。

「大切な人との思い出は、いなくなっても消えることはない。その人が生きた証しが、心の中で生きてるから」

ちゃんと心の深くに、お母さんがいる。

「……うん、俺も」

少し掠《かす》れた声が落ちた、あお先輩。

「妹が亡くなって二年経つけど、思い出すのは大切な思い出ばかりで……でも苦しくて……。不意に今でも胸が張り裂けそうになるくらい苦しくなるんだ」

小さな声で呟くと、ふいに、風が吹いた。

生温《なまあたた》かい風は、横からふわりと吹いて、私たちに纏わりついた。

アスファルトの照り返しが少しだけ熱く感じて。

私とあお先輩は、そこから一歩も動くことができずに、苦しみと悲しみが充満しているこの場所で、ただひたすら、目の前にある墓石を見つめていた――。

◇

見晴らしの良かった霊園を降りると、すぐ近くに海があった。

「さっきは驚かせてごめん。びっくりしたよね」

「いえ……」

首を振ると、申し訳なさそうに眉尻が下がった先輩の視線とぶつかった。

確かにすごく驚いた。言葉を失うほどに。

「でも、どうして私を妹さんのところへ……」

私が自分の悩みを打ち明けたからなのだろうかと考えたけれど、先輩は、「うーん、なんか」と言ってわずかに口もとを緩めた。

「会わせたいって思ったんだよね」

あお先輩の言葉にさらに私は困惑して、え、と声を漏らす。

「妹が生きてたら今年七海と同じ十七歳になるはずだった。生きてたら、七海と友達になってたんじゃないかと思って」

「え、私と……？」

「俺と同じ高校に行くんだー！っていつも言ってた。で、友達たくさん作ってお兄ちゃんに自慢するんだって。だからもしかしたら……」

私の顔を見て、今度は悲しそうに笑う。

私と、出会っていた可能性はゼロではないのかもしれない。

「あお先輩……」

今までずっと、妹さんのことずっと気がかりだったんだ。

その気持ちがひしひしと伝わってきて、胸がぎゅっと苦しくなる。

「だけどさ……やっぱり残された人のほうが苦しいんだよなぁ」

そう言ったあと、一旦黙り込んだ。どうしたのかと思って、視線を向けると、

「亡くなってから母さんは、抜け殻《がら》のようになって。多分、俺よりも立ち直れてないんだと思う。いつも、仏壇《ぶつだん》の前で泣いてるんだ」

弱々しく呟いた先輩。

――『俺、パンが好きだから』

ほんの少し前に、先輩が言った、その言葉を思い出す。

「……先輩がいつもお昼、パンの理由って」

思わず尋ねると、切なそうに口もとを緩めたあと、

「そうだよ。母さんが、家事できないほどに憔悴し切ってるから」

言葉を短く切ったあと、海を眺めて、

「母さんを立ち直らせてあげたいけど、俺と父さんじゃどうにも……だから、時間が癒やしてくれるのを待つしか、ないんだ」

悲しそうに声を落とした。

私も、まだ立ち直れていない。

「悲しみは連鎖する」

海を眺めながら、あお先輩はポツリとつぶやいた。

その声に、「え」と困惑した声を漏らすと、

「悲しんでいたらそれが周りに連鎖して、みんなが悲しくなる。母さんも父さんも。……でも、そこで誰かが断ち切らないといけないよね」

「え？」

「だって俺たちはまだ生きていかなきゃいけないから。これから長い人生をずっと……そのために悲しみを断ち切らなきゃいけない」

私たちは、まだ十代。残された時間はたくさんある。あと何十年……なんて考えるだけで少し途方に暮れそうになる。

だけど──。

「七海の言う通りだよな。どんなに悲しくても苦しくても、妹の悲しみを背負って生きていかなきゃいけない。俺たちにできることは生きることだけ……生きて、妹の分まで幸せになる。それが残された人間にできる唯一のことだから」

そう言いながら、握りしめた拳を、あお先輩は見つめて。

「七海に言われてハッとした。俺が、こんなに苦しいまま過ごしていることを妹が知ったら、きっと悲しむはずだから。妹が自分のことを責めるだろうから……妹にこれ以上つらい思いはさせたくない」

あお先輩は、今にも泣きそうな顔をしてくしゃりと笑って、それから。

「そのためにも、過去にばかりに目を向けて苦しむんじゃなくて……これからは未来に目を向けたい。父さんが、母さんが……家族全員が少しでも幸せだと思えるように、俺がみんなの支えになる」

力強く、はっきりと、断言する。

「あお、先輩……」

私は、何も言えずに、先輩の顔を見つめた。

――ザザーン。波の音が押し寄せては引いて。それを繰り返した。

気の利いた言葉をかけてあげたいのに、私の口からは何も現れない。

でも、あお先輩は、

「俺はもう、大丈夫だよ。過去の悲しみに負けない。妹のためにも強く前を向く。そのためにも過去との鎖を断ち切る」

私を真っ直ぐ見据えて、そして。

「もちろん妹のことを忘れるわけじゃない。俺たちの中で妹は思い出として生き続けていく。それに……俺がした選択をきっと、妹は……許してくれると思うから」

あお先輩は、精一杯の笑顔を浮かべた。

その表情は、過去に囚われて、身動きができなくなって、〝いい子〟を演じていた私のようで。

けれど、あお先輩は、選んだ。

――過去よりも、今を。

そして未来へ向かって、一歩踏み出した。

その選択が、どれだけの苦しみの上に成り立っているのか計り知れない。

岩に波が打ちつける音が響いた。

砂浜に打ち上がる波の音も、磯《いそ》の匂いも、海鳥《うみどり》の鳴き声も。悲しさを煽った。

「なんか、ごめん」

あお先輩はふいに笑ってみせると、

「もうそろそろ帰ろう」

何事もなかったかのように、言葉を続けた。

きっと私に、心配を掛けないようにしてくれてるのかな。

胸がぎゅっと苦しくなる。

「七海の家族、心配してるよ」

私へ向かって手を差し伸べる。

けれど、私はまだ気持ちを切り替えることができなくて、先輩の言葉が頭を巡っていた。だって今、先輩をひとりにはしておけないと思ったから。

「あの、先輩、もう少し……」

一緒にいませんか、そんな言葉が口をついて出ようとしたけれど、

「七海、帰ろう」

先輩の言葉が私よりも先に現れて、私は言葉をのどの奥へ押し込んだ。

そして。

「明日も家族と当たり前に話せるとは限らないんだよ」

突然言われた言葉に動揺して、え、と声を漏らすと、

「当たり前があると過信してはいけない。だって明日がどうなるかなんて誰にも分からないんだから」

と、あお先輩は唇を噛んだ。

先輩が今、何を考えているのか痛いほど分かる。

私だって、同じだ。

私たちは似たもの同士。

──お母さんのときもそうだった。

どれだけ恋しくても、お母さんと話すことは叶わなくて。

けれど。

「どうせ帰っても私が叱られる」

「それはちゃんと話せば分かってくれるよ」

「で、でも！」

先輩の真っ直ぐな瞳から逃げるようにうつむくと、

「逃げたって何の解決にもならない。だから帰って家族に七海の気持ち、ちゃんと伝えよう」

伝わらなかったらどうしよう。そんな不安が先走っていると、

「で、でも……」

「大丈夫」

私の隣でかがんだ先輩が、私の頭を撫でた。

「俺がちゃんと保証する。それでももし家族が七海の気持ち分かってくれないなら、
俺が何とかする」

「あお先輩が？」

と、尋ねると、先輩はすぐに、うん、とうなずくと、

「だから俺を信じて」

と優しい眼差《まなざ》しで私を見つめる。

私は、答えない。その代わりに、先輩の袖をぎゅっと強く握り締めた。

そしたら先輩は、わずかに口もとを緩めると、ゆっくりと歩きだす。

そのあとを、少し遅れてついていく私。

海のはるか彼方《かなた》から、沈んでいく夕陽が、あたり一面をオレンジ色に染めた——。

再生の道へ

玄関のドアを開ける前に、ふうー、と呼吸を整える。

ガチャ――。

家の中に入ると、

「七海!」

「七海ちゃん!」

お父さんと早苗さんの声が重なって、聞こえた。

気まずくなり、とっさに顔をうつむける。

「どこ行ってたんだ!」

お父さんの今までに聞いたことのない切羽詰《せっぱつ》まったような怒鳴り声。

やっぱり私を叱るために鬱陶しいくらいに連絡してたんだ、そう思って苛立ちが先走り、顔を上げる。

「だから、それは――」

感情に身を任せて言い返そうと思ったけれど、早苗さんが、「彰《あきら》さん」とお父さんの名前を呼んだ。

「……ああ、すまない」

急にしおらしくなるお父さん。

そのせいでのどもとまで出かかっていた苛立ちも消化不良で、行く場を失いまたのみ込んだ。

「それより」と早苗さんは言いながら、お父さんへ向けていた視線を私へと移すと、

「七海ちゃんが、無事でよかったわ……」

口もとに手を当てながら、くぐもった声で言葉を漏らした。

「そうだぞ。七海に何かないかって心配したんだからな」

交互に視線を向ければ、青ざめた顔がふたつあり、

「……ごめん、なさい」

とっさに口をついて出た。

さっきまでみんなのこと嫌いだって思って、喧嘩して出て来たはずなのに、どうしてだろう。

「ここじゃあれだから、まずはリビング行きましょう」

早苗さんがはなをすすりながら、言った。

「……そうだな」

お父さんはいつもより少しだけ気まずそうに頭を掻くと、力ない足どりで廊下を歩

く。

「ほら、七海ちゃんも」

私の背中を支えるようにそっと手を添えると、そこから温もりが伝わって。

小さくうなずいて足を進めた。

「美織ちゃんは？」

リビングへ着いて声をかけると、

「今、寝ちゃってて」

言ったあと数秒間を置いて、「……泣き疲れたのかな」と無理をして笑顔を浮かべた早苗さん。

「……そう」

私は、それ以外何も返事ができなかった。

だって美織ちゃんが泣いたのは、間違いなく私のせいだと思ったから。

「まず、何から聞けばいいんだろうか」

口を開いたお父さんは、困惑したように眉尻を下げながら笑った。

こういうとき誰が話せばいい？　当事者の私？　それともさっき言い合いをしていた早苗さん？

「あの……」

冷え切った空気を一刀両断《いっとうりょうだん》するかのように、声を上げた早苗さん。

私は、お父さんから早苗さんへ視線を移した。

「七海ちゃん、これ」

私のテーブルの前にそっとズボンのポケットから取り出したものを置いた。

「えっ……」

私は、思わず声を漏らす。

どうしてこれ……。

「全部のビーズを見つけることはできなかったんだけど……」

ブレスレットをおもむろにつかんで、見つめる。

「……直して、くれたの？」

早苗さんを見ると、申し訳なさそうに笑っただけでうなずきはしなくて。

「七海ちゃんが大切にしていたものとは違って完璧には修復できなかったけどね」

お母さんからもらったものとまではいかなくても、七海の〝海〟をイメージしてくれた青色は、ちゃんとそこにあった。

お母さんとの思い出が、ようやく自分の手もとに戻ってきたようで。

私は思わず、それをぎゅっと握り締めて

「……ありがとう」

と素直にお礼を伝える。

早苗さんが慣れない手作業でビーズのブレスレットを作ってくれた。少しいびつだけれど、お母さんが作ってくれたものの面影《おもかげ》がある。心から私のことを考えて、修復してくれたのだと気持ちが伝わってきた。

「謝って許されることではないけど、美織が七海ちゃんの大切なものを壊しちゃってごめんなさい」

言ったあと、小さく頭を下げる早苗さん。

「父さんも、すまなかった」

今度はお父さんが頭を下げる。

私は、叱られると思っていたから、驚いて固まってしまう。

「早苗から事情は聞いた。それなのに父さんは、七海の気持ちも考えずにあんなことを言ってしまったんだな」

お父さんは早苗さんと一度顔を見合わせたあと、

「母さんからもらったプレゼントを、七海がどれだけ大切にしていたか知っていたはずなのに、父さんはなんてことを……」

言葉に詰まらせて本当にすまない、と再度頭を下げた。

さっきから、謝ってばかりのお父さん。どうして？　だってお父さんにとって娘は、大切なのは、美織ちゃんだけのはずなのに……。

「どうして、そんなに謝るの……？」

気がつけば、口をついて出た。

「どうしてって……」

それに困惑したお父さんは、頭を上げて答える。

「さっきは七海の気持ちも考えずに父さんが怒ってしまったから」

――違う。私が聞きたいのは、そんなことじゃなくて。もっと別の――。

「美織ちゃんのことが一番大切なんじゃないの？」

「七海、何を言って――」

「だって美織ちゃんが生まれてから、お父さん幸せそうに笑うようになった」

お母さんが亡くなって私とふたりのときは、悲しみに暮れていたのに……。

「私のことなんて、本当はどうでもいいんじゃないの？」

――まるで子どもじみた問いかけ。

それでも、お父さんは呆れるわけでもなく、はぐらかせるわけでもなく。

「何言ってるんだ。七海のことも大切に決まってるじゃないか」

「で、でも……」

「もちろん美織も大切だ。けど、父さんにとって美織も七海も大切な娘だ。どちらが一番だなんてない。ふたりともかけがえのない存在だ」

お父さんは、堂々と力強く断言する。

初めて聞いた、気がした。

「そりゃあな、美織のことを甘やかして七海には我慢させてしまった部分もたくさんある。それは、本当にすまなかった。けどな、七海のことを嫌いになったわけじゃないんだ。七海は、母さんに似て優しいから。つい頼ってしまう、甘えてしまう」

知らなかった、お父さんの胸の内。

ひとつ、言葉が落ちるたびに、お互い誤解していたのだと知り。

「でも、七海もまだ十七歳。本当はたくさん甘えたいはずなのに、頼りたいはずなのに、父さんが我慢させてしまった」

ふたつ、言葉が落ちるたびに、お互いの隔たりが雪のように消える。

「今までずっと、七海につらい思いをさせてしまって、ほんとに悪かった」

深々と頭を下げた、お父さん。

お父さんは私のことを嫌いになったんだと、どうでもよく思われているのだと思っていた。

でも、そうじゃなかった。

「何、それ……」

……全部、私の勘違い？

「七海ちゃん、私もごめんなさい」

早苗さんも、また頭を下げた。

いい大人がふたりして子どもに頭を下げるなんて、そんな光景、何だか違和感しかなくて
「……やめてよ」

声を上げてそっぽを向くと、「いやでもな」とお父さんはまだ納得していないようで。

まるで私が悪者みたいじゃん。

──そうじゃなくて、謝らなきゃいけないのは私のほうなのに。

「……私も、ごめん」

ポツリと謝ると、え、と早苗さんは困惑する。

向けられた視線を少し逸らすと、

「私、ほんとは分かってたはずだった。美織ちゃんがわざと壊したわけじゃないって、知ってたはずだったのに」

言葉を短く切ったあと、目を伏せてブレスレットを見てから、心を落ち着かせると。

「カッとなって怒鳴ったから、驚いて泣かせてしまった」

「それは七海ちゃんのせいじゃないわ」

「うん。でも、ごめん」

不思議と言葉は落ち着いていた。

「それに早苗さんのせいじゃないよ。だからもう……そんなに自分責めないで」

早苗さんは口もとを押さえて、涙を流した。

そんな早苗さんの肩をさするお父さん。

きっと私が帰って来るまで自分のことそうやって責めていたのかな、そう思うと胸が張り裂けそうだった。

「私、七海ちゃんに嫌な思いばかりを……っ」

はなをすすりながら、早苗さんは言った。

でも、早苗さんの責任じゃない。

だって――。

「私のほうこそ、早苗さんにたくさんひどいこと言ってごめんね」

すると、早苗さんは「えっ…」と小さな声を漏らし、私を見つめる。

「私、ずっと自分のことしか考えてなかった。早苗さんが、どんな気持ちで私を育ててくれていたか接してくれていたか、全然これっぽっちも考えてあげられなかった」

私と早苗さんは、血が繋がっていない。

だから、きっと大変だったと思う。

いきなり、十三歳の私と対面して、家のことや私の面倒を見ることになってしまったのだから。

私に見せないだけで数え切れないほどの苦労があったはず。

「たくさんひどいこと言ったよね。たくさん傷つけてしまったよね」

早苗さんは私の言葉に口を押さえながら、首を横に振り涙をこらえる。

「今まで冷たく接してごめんなさい。私のことを、ほんとの娘だと思って育ててくれて、ほんとにありがとう」

私の口からは、今までとは想像もつかないような素直な言葉が溢れた。

「七海ちゃん……っ」

早苗さんは、ポロポロと涙を流した。

大人とか、子どもとか気にしないで、声を漏らして泣く。

私は、ずっと早苗さんの前ではいい子を演じていた。

いい子を演じることで、早苗さんと距離を取っていた。

私が心を閉じているから、早苗さんがどんなに優しく寄り添ってくれても、距離が縮まることはなかった。

——でも、今回だけは違って。
ようやく初めて心から話すことができた。
小さな一歩だとしても、私からすればそれはとても大きな前進だ。
「七海、ほんとすまない」
さすりながら視線だけを私のほうへ向けるお父さんは、
「俺が一番何も分かっていなかった」
いつも笑顔は欠かさなかったお父さんが、疲れ切ったような顔をしている。
まるでお母さんが亡くなったあとのような表情で。
「七海が家を飛び出したあと、七海に何かあったらどうしようってずっと心配だった。
だから車であちこち探してみたけど、それでも見つからなくて」
「……探して、くれたの？」
呆気に取られたように眉を上げたあと、お父さんは、
「当たり前じゃないか。お前は俺の大事な娘なんだぞ。四時間以上も連絡つかなくて、
帰って来なかったらどうしようって気が気じゃなかった」
悲しそうに笑った。
私は叱られるかと思っていたのに、それは違ったんだ。
「彰さん、ほんとに七海ちゃんのこと心配してたの。警察に捜索願《そうさくねがい》を出そうとした

くらい」

泣きながら微笑んだ早苗さん。

「え、警察に……」

「娘が帰って来なくて連絡もつかなかったら心配で、親なら誰だってそうするだろう」

だからって警察に届けると考えるのは、極端すぎるけど。

「何も、そこまで……」

呆れたように苦笑いしてしまう私。

「娘がいなくなって探さない親がどこにいるんだ」

「……いるかもしれないでしょ」

私は小さな子どものようにそっぽを向いてボソッと呟いた。

「俺はそんなことしない」

どこにそんな自信があるんだろう、なんて思っていると、

「だって母さんと約束したからな」

「約束……？」

お父さんは、コクリとうなずく。

「何があっても七海を守り抜くって母さんと約束したんだ」

――『あなた、私がいなくなったあと、七海のことお願いね。あの子、本当はすごく寂しがり屋だから』

――『ああ、分かった。何があっても七海に寂しい思いはさせない』

――『お願いね……どうか、私の分まで七海にたくさん愛情を注いであげて』

お父さんからお母さんとの最後のやり取りを聞いて、胸が熱くなる。

だから私はブレスレットをさらにぎゅっと握り締める。

――大切に、大事に。

「家の中が賑やかになれば、七海も寂しくないんじゃないかと思って、再婚を決めた。そして、美織が生まれて」

と、言ったあと、

「でも、母さんとの約束を守ることはできなかった……」

悲しそうに力なく笑った、お父さん。

「……そんなの全然知らなかった」

「まあ、七海には言ってなかったからな」

言葉を短く切ったあと、それに、と言葉を続けると、

「見えない所で娘を守るのが、俺たち大人の役目だからな」

笑ってお父さんがそう言うと、

「ええ、そうね」

早苗さんは泣きそうに笑った。

「……じゃあ、お母さんのことは？」

ふいに、ポツリと尋ねる。

「ん？」

「お母さんのこと……どう思ってるの？」

一瞬だけど、私は早苗さんを見た。

早苗さんには悪いけど、ちゃんと知りたかった。

「どうって、そりゃあ大切な人に変わりはないさ」

「大切？」

「ああ。だって……母さんと出会って一緒になって、七海という可愛い娘も生まれて……父さんにとって、生涯忘れることのできない幸せを母さんにはもらった」

お父さんの声は、少しだけ震えていた。

「父さんの心の中では、母さんは生き続ける。ずっと、忘れることはない」

――私と、同じ気持ちだ。

「それは、七海も同じだろう？」

「……うん」

素直に、うなずいた。

お母さんは、私たちの心の中で、今も、そしてこれからも生き続ける。

「あのね……七海ちゃん」

不意に早苗さんが声をかける。

「こんなこと私に言われるの嫌かもしれないけど……私ね、七海ちゃんのお母さんを今も愛してるお父さんを好きになったの」

泣いたあとの顔で言った。

それを聞いたお父さんは、照れくさそうに頭をかいていたけれど、とても幸せそうな顔だ。

「……早苗さん」

そんなふうに思ってくれていたなんて……。

──決して、お母さんの居場所を取ろうと思ったわけじゃないんだ。

「そっか……そっかぁ」

私、ずっと勘違いしていたんだ。

「ママー」

ふいに、声が聞こえて一斉に視線を向ければ、目を擦《こす》りながらトタトタと歩く美織ちゃん。

「美織」

早苗さんは、駆け寄る。

「どうしたの？」

「こあいゆめみた」

「怖い夢？」

「うん」

どんな夢、とは尋ねなくて、そっか、と眉尻を下げた早苗さん。

私は椅子から立ち上がると、美織ちゃんのもとへ近づいて
「美織ちゃん」

とかがむと、私に気づいた美織ちゃんは早苗さんにすり寄った。

よっぽど怖がらせてしまったみたい。

「あのね、さっきのことなんだけど」

あまり怯えさせないように、言葉をゆっくりと呟いて、

「いきなり怒鳴ってびっくりさせちゃったよね。ごめんね」

口調を柔らかくして言うと、顔を覗かせて私を見つめた。

そして、一度目をぱちくりさせたあと、

「みおりのこと、おこってない？」

おずおずと尋ねられた。私はそれに、ゆっくりとうなずいて
「怒ってないよ。びっくりさせちゃって、ほんとにごめんね」

「……ほんとに？」

「うん、ほんとだよ」

それを聞いた美織ちゃんは、早苗さんの後ろから現れると、私に向かって小さな手を伸ばしてくる。

その意図を汲み取ることができずにいると、

「あのね、多分それ、仲直りしようって意味だと思うの」

早苗さんが代わりに答えると、

「だよね、美織」

「うん！」

大きくうなずいた美織ちゃんは、

「みおりね、なみちゃんのことだいすきなの。だからね、なみちゃんとなかなおりしたいの！」

素直に大きな声で告げた。

私は、何だか泣きそうになって、うつむくと、

「なみちゃんどうしたの？」

心配そうな声が聞こえて、顔を上げる。

「ううん、何でもない」

笑って答えると、私は差し伸ばされていた手のひらをきゅっと握った。

そして。

「仲直り、しよっか」

「うん！」

小さな手のひらは、柔らかくて優しくて、そしてとても温かかった。

顔をにんまりとさせて笑う美織ちゃん。

何だか、胸が熱くなった。

「あのね、七海ちゃん」

ふいに私へと声をかける早苗さんに視線を向けると、

「こんなこと頼める筋合いじゃないんだけど……今度、時間あるときに一緒にビーズを作らない？」

「え？」

「美織ね、すごくあのブレスレット気に入ってたみたいで。宝物にしてたの」

美織ちゃんへ視線を向けて、

「美織ちゃん、あのブレスレット気に入ってくれてたの？」

おずおずと尋ねれば、

「うん！　キラキラしててね、あおいいろがすっごくキレーだった！」

大興奮で声を上げた美織ちゃん。

「そっか……そっか……」

私は、うつむいて、込み上げてきた感情を止めるように手で口もとを押さえる。

美織ちゃんは決して、「大切にする」という約束を守っていなかったわけではない。

私との約束を守って、そしてとても気に入ってくれていたんだ。

全部、私の勘違いだったんだ――。

「じゃあ、今度一緒に作ろうね」

そう言うと、

「うん！」

早苗さんに抱きついた美織ちゃんは、嬉しそうにはしゃいでいて。

素直によかったと、思った。

「七海」

いつのまにか、私たちのそばにやって来ていたお父さんの声に顔を上げると、

「ほんとにすまなかったな」

「もう、いいって」

と、立ち上がると、

「……私も、悪かったし」

気まずくて目線を逸らしながら言った。

早く部屋に戻りたい、なんて思いながら少しそわそわしていると、「なかなおり！」

美織ちゃんの声が聞こえた。ふたりして視線を落とすと、

「パパも、なみちゃんもなかなおり！」

と、私の手とお父さんの手をつかんで、握手をさせる。

「そうだな」

言いながら美織ちゃんの言葉に笑ったお父さん。

「七海、父さんと仲直りしてくれるか」

「……いい、けど」

少しそっぽを向いて返事をすると、私の手を軽く握り返した。

「ほんとに今まですまなかったな」

お父さんのあとに、「私も」と、言葉が出かかったけれど、それをのみ込んで、

「……うん」

とだけ言う。

やっぱりまだ素直になれなかった。

けれど、いい子の仮面はもういない。だって私、今猫を被っているわけじゃなく、心の底からの思いを打ち明けることができたのだから。

今のこれが、本当の私。

心から笑うことができた。

そしてお父さんとの誤解は解けて、美織ちゃんとも、早苗さんとも。少しだけ関係を修復できたような気がした――。

一歩前進する現実

「あお先輩、今までいろいろ心配掛けてほんとにごめんなさい」

お昼休み、私は屋上の階段で小さく先輩に向かって頭を下げた。

「なんで七海が謝るの」

「だって私、自分のことばかりに必死になって、あお先輩の過去にそんなことがあったなんて、全然知らなくて」

「それは七海のせいじゃないじゃん」

「でも……」

言葉を返せないでいると、「俺が」とあお先輩は続ける。

「七海を心配させたくなくて黙ってた。それにわざわざ言う必要もないかなって思ったんだよね。でも七海の話聞いてたら、俺も聞いてほしいなって思ったんだ。どうしてそう思ったのかよく分からないけど」

そう言ったあと、軽く息を整えてから、

「あの一瞬、七海が妹と重なって見えたのかも」

と言葉を続けた先輩。

あの一瞬？

私はわけが分からなくて困惑していると、

「だからもし妹のことがなければ、SNSをすることだってなかっただろうし、七海に話しかけるなんてことあり得なかったと思う」

「え、あ……」

「ただの偶然なんてほんとにあると思う？」

再度取り出したわけのわからない言葉に、目を見開く私。

「ツイッターで話しかけた相手がまさか同じ学校の人だったなんて、そんな偶然がふつーにあると思う？」

「……え？」

急に何の話なの。

「俺、前に七海のこと見掛けてるんだよね。だから、七海がツイッターやってるのも知ってた」

「……え？」

──ちょっと待って。

全然意味が分からないんだけど。

「暗い顔をしてスマホを見ている七海をたまたま見掛けて、何となく気になって目で追いかけてた……そしたら、七海がスマホを落としたんだ」

「スマホ……？」

「うん。スマホ拾って渡そうとしたら、暗いことが書かれてるツイッターの投稿画面が見えてしまって……」

続いた言葉によって、記憶が少しずつ手繰り寄せられると「あ」と声を漏らした。

そうだ。私、一度だけスマホを誰かに拾ってもらったことがあるけど、うつむいてばかりだったから顔なんて覚えていなくて。

今言われるまで気がつかなかった。

むしろ今言われても、あの人があお先輩だったなんてピンとこない。

「……あれ、あお先輩？」

「そ。七海は全然覚えてないだろうけどね」

クスッと笑ったあと、そのあとも、と言葉を続けて、

「何度か七海のこと学校で見掛けてて。なんかいつも浮かない顔してたから気になって」

淡々と重ねられる言葉に、開いた口が塞《ふさ》がらないとはまさしくこのことだ。

「だから七海が何かに悩んでるんだろうなぁとはずっと前から思ってて」

予想していなかった言葉ばかりが私に向けられるから。

「……じゃあ、初めから私のことを分かった上でリプライくれたってことですか？」

恐る恐る尋ねてみれば、あお先輩は「うん」となんの躊躇いもなくうなずいてみせた。

「だから全然偶然なんかじゃないんだけどね」

あまりにもさらっと返されて、一瞬反応が追いつかなかった。

「今まで黙っててごめん」

「え、あ、いえ」

今言われるまで全然気づかなかったし、私のＳＮＳを見られていたなんて夢にも思っていなかったけれど。

「でも私、あのときの人があお先輩だったなんて今でも信じられません……」

「まあ、だよね」

口もとを緩めたあお先輩。

「どうしてわざわざツイッター上で話しかけたんですか？」

「ん？」

「だって同じ学校ならいくらでも話すタイミングあったはずなのに……」

「俺がいきなり七海に話しかけたら驚かせるだけでしょ。なんなら要注意人物に認定されかねないし」

そこまでは疑わないけれど、という言葉をのみ込んだ代わりに。

「だったら、初めから名乗り出てくれればよかったのに……」

思わず口をついて出た。

「それはできないでしょ」

「え？」

「ツイッターで名乗り出たからって七海が信じるかどうかなんて分からなかったし」

そう言われて、あの頃の自分を思い出すけれど、人をすぐに信用できるほど私の心は安定していなくて、思い出なんて何ひとつない。

その代わりに色褪《いろあ》せた記憶ばかりが頭に浮かび、私は苦い思いをした。

「……なんか、すみません」

「いーよ。べつに思い出してもらおうと思って打ち明けたわけじゃないし」

「じゃあ、なんで……」

「ずっと隠したままでいるのも嫌だなと思ったからさ」

「え？」

困惑する私を見て、クスッと笑ったあお先輩は、

「もちろん言わないことも考えたよ。でも、ずっとこのまま言わないで七海と過ごすのも、なんかもやもやするんだよね」

「うん。だって俺、七海とはこれからも本音で語り合えるような仲でいたいし、誰よりも七海のこと理解できる存在でいたい」

照れくさそうに鼻先を掻いた、あお先輩。

「……え？」

それって、どういう意味なんだろう。

「……あのさ、七海。今度時間ある？」

突然、あお先輩の表情も声も、いつになく真剣になる。

真っ直ぐ向けられる瞳に、どきどきして。

「えっと……」

私が言葉に詰まっていると、

「一応、デートのお誘い……のつもり、なんだけど……」

あお先輩は、言った。

「──えっ……！」

嘘。どうしよう。

すごくすごく、緊張する。

先輩に〝デート〟だと言ってもらえたのが、嬉しくて今すぐにでもうなずきたい。

「ももも……」

でも、その前に私はやることがある。

だから――。

「……あと少しだけ待ってもらえませんか？」

「え？」

「私、やらなきゃいけないことがあります。これは自分でケリをつけなきゃいけないことだから……」

もちろん不安はあった。

でも、前に進むために。

「うん、分かった」

あお先輩は、そう言って、

「頑張れ、七海」

私を励ましてくれた。

どうやら私がやらなきゃいけないことを、あお先輩は知っているみたいで、背中を押してくれた。

あお先輩にたくさん支えられた。

たくさんの温かな言葉をもらった。

お昼休みが終わる前、私は久しぶりにツイッターを開いた。

【――新しい自分を見つけたみたいで、少しワクワクしてる】

投稿すると、すぐにいいねが付いた。

それはもちろん、あお先輩からだった――。


「あのさ、ちょっと今いいかな？」

あお先輩に決意表明した三日後。

私は勇気を振り絞り、友梨たちに声をかけた。

「え……」

一瞬動揺したが、友梨と千絵はお互い顔を見合わせたあと、「……うん」とうなずいた。

それから移動してやって来たのは、あお先輩が昼寝スポットだと教えてくれた校舎裏のベンチ前。

ここなら人が来ないと思うから。

「そ、それで、話って……」

あからさまに気まずそうに表情を曇らせるふたり。

それもそのはず。気まずくなってから、まともに会話をするのはこれが初めてだったから。

「うん、この前の話なんだけど」

でも、私は変わるためにここへやって来た。

いい子のフリをするつもりもないし、やり直したいわけじゃない。

「私の家庭、ちょっと複雑なの。お母さんが小学生の頃に亡くなってて……」

そう話すと、「えっ」と驚く。

「それで、四年前にお父さんが再婚して、妹が生まれて、私とは十四歳も離れてて」

ひとつずつ説明をしていく。

真っ直ぐふたりの顔を見ることができなくて、少し目線を下げながら、

「だから……友梨たちに聞かれたときは、ほんとはすごく苦しかった」

──あの日、ふたりの前で涙を流した。つらくて苦しくて、現実から逃げた。

でも、今日は泣かないし、逃げない。

前に進むって決めたから。

ぐっと拳を握って、顔を上げた。

「どうしてこんなにつらいことを話さなきゃいけないのかなって、ふたりのことが嫌になったこともある」

友梨たちは、お互い顔を見合わせて気まずそうに、やり場のない目線を下げた。

「ふたりにとっては他愛もない、一瞬で過ぎ去る会話だとしても私にとっては笑って流せるほど簡単なものじゃなかった。つらくて苦しくて、どうにかなりそうで……」

だから、いい子の仮面が壊れて涙が溢れてしまった。

「でも……今思うと、私がちゃんと話していたら、こんなことにはならなかったんだよね」

「七海……」

どんなに後悔しても、時は戻らない。

どんなに悔やんでも、やり直すことはできない。

「私はね、ふたりとやり直すために話をしてるわけじゃないよ」

「え、じゃあ、どうして……」

困惑した声を漏らす、友梨。

「ちゃんと区切りをつけたかったの。私の心の中の整理をしたかった。このまま友梨たちと気まずくなって話さなくなるのはおかしいから」

クラスメイトなのに、同じ教室にいるのに、全く話さないのはちょっと違うと思ったから。

私が、過去から抜け出すために、ふたりと区切りをつけて前を向きたかった。

「ふたりの気持ちも考えずに私が楽になりたかったからって呼び出してごめん。でも、これ以上自分の気持ちに嘘ついて、いい子のフリをしているのは嫌だから」

家族との溝も少しなくなった。

きっと、これから〝家族らしく〟なっていくのかもしれない。

今、私にできることはこれしかなくて。

だから――。

「私、一から頑張りたい。いい子のフリしてる私じゃなくて、自分らしく振る舞えるようになりたい。もちろんひとりになるのも不安だし、こんなこといきなり言ったら友梨たちも困ると思うけど……」

いつか、この選択が間違いじゃなかったって思える日が訪れると願って。

「花枝七海として自分らしく、本音を打ち明けるようになれたらなって思ってるの。時間がかかるかもしれないけど……そのときは、また話しかけてもいいかな？」

私の言葉を聞いたあと、少し戸惑う表情を浮かべたふたり。

けれど、すぐに、

「うん、分かった」

「待ってる」

穏やかな表情を浮かべて、笑った。

私は、ひとりになってしまった。

それを選んだのは、私。

でも、孤独なわけではない。

私には、あお先輩がいて、お父さんがいて、美織ちゃんがいて、そして早苗さんもいる。

「友梨、千絵、今までほんとにごめん。そして、ありがとう」

雲ひとつない青空が広がっていた——。

未来へ向けて

一週間が過ぎた日曜日。

あお先輩と、あの日訪れた海に来ていた。

「ここ、妹が好きだったんだよね」

懐かしそうに言葉を落とした。

「……海、好きだったんですか？」

「うん。なんか、海見てると心が落ち着くんだって。波の音とか、鳥の鳴き声とか、全部が心地よく聞こえるってよく言ってた」

あお先輩の横顔は、嬉しそうに笑っていて、妹さんとの思い出を思い返しているようで。

「妹が、亡くなってから全然ここに近寄れなくてさ」

「先輩……」

「やっぱ、思い出しちゃうんだよね」

亡くなった人との思い出は、何年経っても色褪せることはない。

むしろ、昨日のことのようにふとした瞬間に、思い出したりして、悲しくなるときもある。

「全然、立ち直れなくてさ。前向けなくて、妹がもうこの世界にいないなんて受け入れられなかった」

言葉を短く切ったあと、でも、と続けると、

「七海のおかげで、ここに来れるようになったんだよね」

「え、私？」

きょとんとして声を漏らすと、あお先輩が私へと視線を向けた。

「七海のおかげで妹の死とようやく向き合うことができた。受け入れることができた」

「そんな、私なんて何も……」

してない。

何も、してあげられなかったのに。

「七海がこの前言ってくれた言葉のおかげで、少しだけ気が楽になった。おかげで、今こうして思い出が詰まった海にも、安心して来れるようになった」

言われた言葉に自分の過去が重なって、胸が少しだけ苦しくなった。

「だから、七海のおかげ」

言葉を短く切って、息を吸ったあと、

「ほんとにありがとう」

笑って言った。

ありがとう、なんて言われる資格何もないのに、なんて思いながら、少し照れくさくて下唇を噛んだ。

波の音が聞こえて、ふわりと風が髪の毛を攫う――。

「あれから家のほうはどう？」

何の脈絡もなく落とされた言葉に、私は動揺することなくて、不思議と落ち着いていた。

だから少しだけ、口もとを緩めたあと。

「ぎこちなさは相変わらずあるんですけど……」

自分の気持ちを打ち明けたあの日から、少なからず何かが変わり始めているような気がしたことを思い浮かべて、

「一応、何とかやってます」

胸を張ってそう言えるようになった私に、

「そっか」

先輩は、安堵したように表情を緩ませた。

前よりは家族らしくなったんだと思う。

「でも、やっぱりまだ早苗さんのことをお母さんって呼ぶことは、できてないんです

けどね」

苦笑いを浮かべると、

「それがふつーなんじゃない」

「え？」

「七海にとって母親は、心の中に生きてるじゃん。だから、そう思っておかしいことなんかないよ」

何の迷いもない口調で、そう告げた。

「だから、七海が自分に責任感じるとかしなくていいんだよ。お母さんは、ひとりしかいないんだから、無理に呼ばなくたっていいんだよ」

「でも、お父さんが再婚してもう四年になるのに……」

早苗さんのことを〝お母さん〟と呼べないことが、さすがに申し訳なく感じて、肩を落とすと。

「いいんだよ」

あお先輩は私の頭を乱暴に撫でた。

「七海がその人のことをお母さんと思えなくても、大切な存在だと思えるようになれば、呼び方は何だっていいんだよ。だって今、ちゃんと家族になれてるんだから」

「ちゃんと家族……？」

「うん。だってそうでしょ」

言われて、私が家を飛び出した日の記憶を思い浮かべる。

あの日、確かにお父さんと早苗さんはすごく心配してくれていた。

「……ほんとだ」

思わず言葉が漏れると。

「な？　だから、七海は無理しなくていい。きっとそれを家族は分かってくれていると思うよ」

笑った先輩につられて、私も口もとが緩んだ。

きっと、ひとりでは乗り越えられなかった。

だからこれは、あお先輩のおかげもあったんだと思う。

「やっぱ、笑ってるほうがいい」

ふいに、先輩がそんなことを言って、私は、「え」と困惑していると、

「七海は笑ってる顔のほうが似合う」

と言った先輩の言葉に、お母さんの声が重なった気がした。

そうだ。なんで今まで忘れちゃってたんだろう。

私のお母さんは、『七海の笑ってる顔は太陽みたいに温かいわ』って言ってくれていた。

だから病室だって笑うことを欠かさなかったのに……。

お母さんが好きと言ってくれた笑顔を、私は今まで絶やしてしまったんだ。

「七海どうした？」

固まる私を見て心配になったのか、あお先輩は声をかける。その声に「今……」と言葉を漏らしながらあお先輩のほうへ視線を向けた。

「お母さんに同じこと言われたなぁ」

「七海のお母さんに？」

「はい。私のお母さん、私の笑顔が好きだと言ってくれたんです。それなのに私は、そんな大事なことを忘れて、嘘の笑顔でいい子を演じてしまってた」

だから、きっとお母さんは悲しんでいたに違いない。

「大切なことを忘れてしまうくらい七海はつらかったし、苦しかった。だからあんまり自分責めるな」

「で、でも」

「自分のこと責めないで、ってきっと七海のお母さんだってそう思ってると思うよ」

「お母さんも……？」

「うん」

強くうなずいた先輩に、何だかほんとにそんな気がしてきた。

「それとさ……」

言いかけて、私に何かを尋ねようとしていたはずなのに先輩は、言いにくそうに口を閉じた。

「どうしたんですか？」

代わりに私が尋ねると、

「七海がいい子を演じてた理由って何？」

いきなり現れた言葉に私は、「え」と困惑した声を漏らした。

「前にさ、俺がいい子を演じる理由は何？って聞いたときあったじゃん。そのとき七海、みんなが笑ってくれるからって答えたでしょ。もちろんそれに嘘はないと思うんだけど」

あお先輩は「でもさ」と続けると、

「ほんとはそれだけじゃないんじゃないかなって思って」

と言った。

私は、それを聞いて口もとが緩んだ。

だって、みんなが気づかないことを気づいてしまうんだから。

あお先輩には隠し事なんて無理なのかな。

「その通りです」

私の心は思っていたよりも落ち着いていた。
「私がいい子を演じてた理由は、お母さんのためです」
「え？」
少し困惑する先輩の表情を見て、視線を落とすと。
「私がいい子でいたらお母さんが戻ってきてくれるんじゃないかって、思った。うう
ん、願わずにはいられなかったんです」
淡々とした声が、不思議だった。
心はこんなにつらいはずなのに。
「あの頃の私はまだ小学生でした。だからお母さんが亡くなるなんて考えたくなかっ
た。どうして病気に気づいてあげられなかったんだろうって、一番そばにいたのは私
なのにって」
思ったし、何度も自分を責めた。
「私が、いい子じゃなかったのがいけなかったのかなって。そしたらいい子でいれば、
お母さんが戻ってきてくれるかなって思ってしまったんです」
「いい子になれば？」
「私……最後にお母さんにわがままを言って困らせてしまったことが、ずっと引っ掛
かっていたんです」

あお先輩へ視線を戻せば、私よりも苦しそうに顔を歪めていて。

「そんなことずっとずっと昔から気づいてたはずなのに。いい子を演じたってお母さんが戻ってくることはないって。知ってた、はずなのにな……」

「七海」

心配そうに声を漏らす先輩は、写し鏡のようで。まるで昔の自分を見ているみたい。冷静に物事を考えられるほど落ち着いている自分に驚きつつ、

「先輩、大丈夫ですよ」

口もとを緩めると、小さく拳を握り締めて。

「もう私、分かってます。そんなことをしたってお母さんが戻ってこないことも、お母さんが喜ばないことも…だから私、もうやめにします。いい子でいるの。だって、疲れちゃったから」

口にすると、思っていたよりも苦しくなくて、今までの苦しみは何だったのかなと思うくらい心は軽くて。

「あーあ。時間無駄にしちゃった」

ポツリと漏らすと、

「そんなことないよ」

あお先輩は、真っ直ぐ私を見つめた。

「苦しんだ時間が全部無駄になるわけじゃない。確かに時間は戻ってこないけど、七海は苦しんで悩んで、だけどちゃんと生きた……生きることを諦めなかった」

力強く言った先輩。

「だから七海は絶対に、幸せにならないといけない」

「え？」

「苦しんだ分、これからの人生を七海は誰よりも幸せにならないといけない。それが天国にいるお母さんのためになるんだよ」

「お母さんの、ため？」

「うん」

うなずいたあと、先輩は口もとを緩めて、

「だから、俺と一緒に幸せを探してみない？」

突然現れた言葉に、「え」と困惑していると、

「あ、でも……七海がよければ、だけど……」

あお先輩は、照れくさそうに私から目を逸らす。

〝あお先輩と一緒に幸せを探す〟

それって、これからもあお先輩と一緒にいてもいいってことかな。

幸せを、探すなんて今までしてこなかったけど。

「あお先輩とならどんなことでも楽しくなりそうですね」

「え、じゃあ……」

「はいっ。私、あお先輩と幸せを探してみたいです！」

そう答えると、

「よかったぁ」

一気に脱力したように、空を仰いだ。

あお先輩は、クールで落ち着いていてすごく頼りになる存在。

でも、実際には十八歳の男の子。

私と同じように苦しい過去を経験している。

「これからの七海を俺がずっと支えるから。だから七海は、自分らしくいて」

私の手を握った。

その手の温もりに、涙が溢れそうになる。

ずっといい子を演じていた私。

いつまで笑えばいいんだろう、と終わりが見えない現実に苦しんだ日々。

あお先輩と出会って全部無駄じゃなかったんだと、そう思えた。

私、もう無理しなくていい。

だってあお先輩が言ってくれたから。

だから私、もう大丈夫。

きっとこれからは、自分らしくいられる。

花枝七海として、心から笑うことができると思ったんだ――。

あとがき

初めましての方も、お久しぶりの方もいるかと思います。この度は、『だから私は、今日も猫をかぶる』を手に取っていただきありがとうございます。

スタ文での書籍化は初めてだったのですが……ずっと憧れていた文庫なので、夢が叶ったんだ！と、とても感動しております。書籍化のお話をいただいた時は、状況を受け入れられずに頭真っ白になりました！

元々、小説投稿サイト「野いちご」で恋愛ものを書いておりましたが、ノベマさんのほうで有名な作家様の作品を読んで、感銘を受け自分にもこんな感動できる誰かの支えになれる作品を書きたい！と思うようになり「ノベマ！」で執筆を始めました。そしてノベマさんで初めて完成させたのが今回の『だから私は、今日も猫をかぶる』でした。なので、一番思い入れのある作品になります。

改稿前の原稿を読み返すと、文章が荒く、設定も噛み合っていない部分があり、恥ずかしいな…と目を逸らしたくなりました（笑）

私事ではありますが、プライベートで過去に苦しい時期を経験してきました。こんなに苦しいなら…と生きることを諦めようと思ったこともありました。ですが、あの時、生きることを諦めなかったからこそ、こうして今があるのだと思っています。

主人公の七海のように、誰にも言えない悩みを抱えて過ごしている方がたくさんいると思います。もう嫌だ、と投げ出したくなることもあるかと思いますが……どうかそこで諦めないで下さい。人は生きているだけで素晴らしい。まさしくその通りだと思います。

ほんのわずかでもこの本が皆さまの力となり、支えとなると幸いです。

そして、今回この本に携わって下さった関係者様、本当にありがとうございます。誰かひとりでも欠けていたらこの本は完成しませんでした。

皆さまのこれからの未来に、どうか幸せが訪れますように……。

水月つゆ

この物語はフィクションです。実在の人物、団体等とは一切関係がありません。

水月つゆ先生へのファンレターのあて先
〒104-0031　東京都中央区京橋1-3-1　八重洲口大栄ビル7F
スターツ出版（株）書籍編集部 気付
水月つゆ先生

だから私は、今日も猫をかぶる

2022年9月28日　初版第1刷発行
2024年3月22日　　　第5刷発行

著　者　　水月つゆ　

発 行 人　菊地修一
デザイン　カバー　北國ヤヨイ（ucai）
　　　　　フォーマット　西村弘美
発 行 所　スターツ出版株式会社
　　　　　〒104-0031
　　　　　東京都中央区京橋1-3-1　八重洲口大栄ビル7F
　　　　　出版マーケティンググループ　TEL 03-6202-0386
　　　　　（ご注文等に関するお問い合わせ）
　　　　　URL　https://starts-pub.jp/
印 刷 所　大日本印刷株式会社

Printed in Japan

ISBN　978-4-8137-1327-2　C0193

スターツ出版文庫　好評発売中!!

『君がくれた物語は、いつか星空に輝く』　いぬじゅん・著

家にも学校にも居場所がない内気な高校生・悠花。日々の楽しみは恋愛小説を読むことだけ。そんなある日、お気に入りの恋愛小説のヒーロー・大雅が転入生として現実世界に現れる。突如、憧れの物語の主人公となった悠花。大雅に会えたら、絶対に好きになると思っていた。彼に恋をするはずだと──。けれど現実は悠花の思いとは真逆に進んでいって…⁉「雨星が降る日に奇跡が起きる」そして、すべての真実を知った悠花に起きた奇跡とは──。

ISBN978-4-8137-1312-8／定価715円（本体650円+税10%）

『この世界でただひとつの、きみの光になれますように』　高倉《たかくら》かな・著

クラスの目に見えない序列に怯え、親友を傷つけてしまったある出来事をきっかけに声が出なくなってしまった奈緒。本音を隠す日々から距離を置き、療養のために祖母の家に来ていた。ある日、傷ついた犬・トマを保護し、獣医を志す青年・健太とともに看病することに。祖母、トマ、そして健太との日々の中で、自分と向き合い、少しずつ回復していく奈緒。しかし、ある事件によって事態は急変する──。奈緒が自分と向き合い、一歩進み、光を見つけていく物語。文庫オリジナルストーリーも収録！

ISBN978-4-8137-1315-9／定価726円（本体660円+税10%）

『鬼の花嫁　新婚編一～新たな出会い～』　クレハ・著

晴れて正式に鬼の花嫁となった柚子。新婚生活でも「もっと一緒にいたい」と甘く囁かれ、玲夜の溺愛に包まれていた。そんなある日、柚子のもとにあやかしの花嫁だけが呼ばれるお茶会への招待状が届く。猫又の花嫁・透子とともにお茶会へ訪れるけれど、お屋敷で龍を追いかけていくと社にたどり着いた瞬間、柚子は意識を失ってしまい…。さらに、料理学校の生徒・澪や先生・樹本の登場で柚子の身に危機が訪れて…⁉　文庫版限定の特別番外編・外伝 猫又の花嫁収録。あやかしと人間の和風恋愛ファンタジー新婚編開幕！

ISBN978-4-8137-1314-2／定価649円（本体590円+税10%）

『白龍神と月下後宮の生贄姫』　御守《みもり》いちる・著

家族から疎まれ絶望し、海に身を投げた17歳の澪は、溺れゆく中、巨大な白い龍に救われる。海中で月の下に浮かぶ幻想的な城へたどり着くと、澪は異世界からきた人間として生贄にされてしまう。しかし、龍の皇帝・浩然はそれを許さず「俺の妃になればいい」と、居場所のない澪を必要としてくれて──。ある事情でどの妃にも興味を示さなかった浩然と、人の心を読める異能を持ち孤独だった澪は互いに惹かれ合うが…生贄を廻る陰謀に巻き込まれ──。海中を舞台にした、龍神皇帝と異能妃の後宮恋慕ファンタジー。

ISBN978-4-8137-1313-5／定価671円（本体610円+税10%）